로크미디어가
유혹하는
재미있는 세상

ROK
MEDIA
로크미디어

# 이것이 법이다

# 이것이 법이다 162

2023년 6월 12일 초판 1쇄 인쇄
2023년 6월 15일 초판 1쇄 발행

**지은이** 자카예프
**발행인** 강준규

**기획** 이기헌 왕소현 임동관 박경무 강민구 조익현
**책임편집** 최전경
**마케팅지원** 이원선

**발행처** (주)로크미디어
**출판등록** 2003년 3월 24일
**주소** 서울시 마포구 마포대로 45 일진빌딩 6층
Tel (02)3273-5135 Fax (02)3273-5134
**홈페이지** rokmedia.com  E-mail rokmedia@empas.com

# 이것이 법이다

162

자카예프 장편소설

ROK
MEDIA
로크미디어

# CONTENTS

그래서 누구야?

"일단 이번에 들어온 채무 부존재 확인 소송에서 큰 문제는 두 가지군요. 첫 번째, 맥브라이드 평가표. 그런데 이걸 고치기 위해서는 재판에서 다른 평가 방식을 적용해야 하는 장기 플랜이니 당장 어떻게 하기는 어려울 것 같군요."

노형진은 턱을 만지작거리며 말했다.

"두 번째는 어떻게 보면 가장 빠른 방법이기는 하네요. 바로 내부에서 확인하는 직원들의 자격 문제."

"그 문제는 해결할 방법이 없는 거 아닌가요? 보험사에서 자격도 없는 사람을 쓸 리가 없지 않습니까?"

고용근 변호사는 고개를 갸웃하면서 물었다.

"아니요. 이건 생각보다 해결이 쉽습니다."

하지만 노형진은 그렇게 생각하지 않았다.

보험사에서 원하는 게 뭔지 알기에 그 약점도 확실하게 알고 있는 거다.

"해결이 쉽다고요? 힘들 겁니다, 노 변호사님. 그들은 간호사를 쓰고 있습니다."

법에서는 의사 외에 그에 준하는 경력을 가진 사람도 인정한다.

이런 사람이 누구겠는가? 당연히 간호사일 수밖에 없다.

설마 간호조무사에게 그런 자문 자격을 주지는 않을 테니까.

"압니다. 하지만 그렇다고 해서 제가 제시한 근본적인 문제가 없어지는 건 아닙니다."

"근본적인 문제요?"

"자문하기 위한 해석 능력을, 내부자문 팀이 과연 가지고 있느냐."

"하지만 법적으로 보면⋯⋯."

노형진은 임진기의 말에 피식 웃었다.

지금 임진기가 오해하고 있는 게 있으니까.

"분명 자문을 위해서는 그에 준하는 경력을 가진 사람이 필요합니다. 하지만 법에서 그게 간호사라고 이야기한 적은 없습니다."

그리고 그 차이는 엄청나게 크다.

"이런 경우라면, 자문의 자격을 스스로 증명하는 게 타당하니까요."

"자문의 자격을 증명한다고요?"

"그렇습니다."

노형진은 아주 당연하다는 듯 말했다.

"의사야 법에서 인정한다지만 누가 간호사의 경력을 인정해 줍니까?"

그게 문제다.

'그에 준하는 경력을 가진 자'는 누구든 될 수 있다.

"그게 간호사일 수도 있고, 경력만 된다면 간호조무사라고 할 수도 있죠."

명시되어 있지 않다는 건 그런 거다.

심지어 실력만 인정된다면 아직 의사가 되지 못한 의과대학생도 자문은 할 수 있다.

다만 누구도 의과대학생의 경력을 인정하지는 않을 테지만.

"마찬가지죠. 이걸 자문해 준 건 간호사, 그것도 이제는 은퇴한 간호사라고 하셨지요?"

"네, 대부분 그렇습니다. 의사는 그냥 지방에만 내려가도 수억씩 받으면서 일할 수 있으니까요."

"그렇다면 그 간호사들이 전문적인 영역에 대한 지식을 갖추고 있다는 건 누가 인정해야 할까요?"

"그거야 보험사죠."

"그러면 논리적으로 말이 안 되지 않습니까? 보험사가 인정한 실력을 가진 사람이 보험사의 직원으로서 보험사에 유리한 의견을 작성해서 제출한다니, 그게 과연 공정한 기준이 될 수 있을까요?"

물론 내부자문위의 진단서를 토대로 거는 소송은 막을 수 없겠지만 말이다.

"즉, 간호사로 이루어진 그 내부자문 팀의 경우 경력만 부정할 수 있으면 보험사에서 데리고 있을 이유도 없어지고, 그와 동시에 그들이 내건 자문 역시 효과를 잃어버릴 수 있습니다."

그 말에 임진기는 이해가 될 듯 말 듯 한 표정으로 말했다.

"흠, 복잡한 문제군요."

"지금이야 보험사에서 직원으로 고용한 후에 자기들이 인정한다고 주장하고 있다지만 말입니다, 그게 인정될까요?"

"그럴 리가 없겠지요."

당장 그런 내부자문 팀에서 제출하는 서류는 법원의 인정을 받지 못한다.

왜냐하면 법원 입장에서도 이게 대부분 개소리라는 걸 알기 때문이다.

아무리 판사들이 보험사로부터 돈을 두둑하게 받고 있다지만 그걸 인정하는 것은 너무 많은 법률적 문제를 일으킨다.

"저들은 지금 우리 쪽 의사들을 공격하고 있습니다. 우리라고 그쪽 의사들이나 내부자문 팀을 공격하지 말라는 법은 없지요."

"내부자문 팀을 공격한다라……."

한 번도 생각해 보지 못한 계획이었기에 고용근은 혀를 내둘렀다.

"만약 우리가 그들의 자격을 문제 삼는다면 그들은 어떻게 하겠습니까?"

그렇게 되면 보험사의 선택은 두 가지 중 하나가 된다.

첫 번째, 철저하게 무시한다.

하지만 그건 그들의 자문 팀에 자문할 능력이 없다고 인정하는 셈이다.

그렇다면 재판정에 데리고 나와서 실력을 입증하는 두 번째 선택지는 어떨까.

"그렇게 되면 그들의 신상이 공개되는 거죠."

눈에는 눈, 이에는 이.

그게 노형진이 생각하는 계획 중 하나였다.

"그들이 무슨 선택을 하든 우리는 그에 맞춰서 움직이면 됩니다, 후후후."

⚖

다음 소송에서 보험사 측 변호사는 당혹감을 감출 수가 없었다.

지금까지 수백, 아니 수천 건의 소송을 했지만 이런 주장
은 처음이었던 것이다.

"친애하는 재판장님, 저희는 이 고소인 측의 자문 팀에 대
해 현실적인 의문을 가질 수밖에 없습니다."

"의문?"

"그렇습니다. 현행법상 자문은 의사 또는 그에 준하는 자
격을 가진 사람만이 할 수 있습니다. 그런데 이 자문 결과를
누가 작성했는지는 아무도 알 수가 없습니다."

"그건 저희 내부자문 팀에서 작성한 서류입니다."

"그 사실을 몰라서 묻는 게 아닙니다. 하지만 그 자문 팀
에 속한 사람이 간호조무사인지, 간호대학을 이제 막 졸업한
사람인지, 아니면 은퇴한 지 30년이 넘은, 나이 80쯤 먹은 간
호사 자격증 소지자인지 저희에게는 확인할 방법이 없다는
뜻입니다."

"그거야……."

지금까지 이런 자문에 대해 태클을 건 사람이 없기에 보험
사 측 변호사는 당혹감을 감출 수가 없었다.

"하지만 해당 서류는 외부의 법적인 강제력이 전혀 없는
서류입니다."

"물론 그렇게 주장하고 있습니다만, 고소인 측은 이미 해
당 서류를 토대로 소송을 걸었습니다. 그런데도 외부의 법적

이것이 법이다

인 강제력이 전혀 없는 서류라고 할 수 있을까요?"

"흠, 그건 그렇군요."

심지어 판사조차도 그 부분은 인정할 수밖에 없었다.

소송의 근거가 된 시점에서 외부와는 전혀 상관없는 서류라는 말은 의미가 없어지기 때문이다.

"그런 점에서 봤을 때 이 서류를 작성한 내부자문 팀의 자격은 확실하게 확인하고 넘어가야 할 문제라고 저희는 생각합니다. 만일 법적으로 자격이 없는 사람이 이 서류를 무단으로 작성했다면, 그 반작용은 심각한 법의 문란으로 이어질 수밖에 없습니다."

실제로 그런 경우가 아예 없는 것도 아니고, 그런 서류를 기반으로 이루어진 소송은 명백하게 기각의 사유가 된다.

"확실히 그런 문제가 있지요."

이건 아무리 보험사와 친한 판사라 할지라도 무시할 수 없는 말이다.

만일 판사가 보험사에 유리하게끔 보험사가 자체 발급한 것에 문제가 없다고 판단한다면 100% 상급법원에서 깨진다.

보험사의 서류에 문제가 없다고 하면 보험사의 공신력을 인정하는 셈이니 법원에 소송이고 뭐고 할 필요 없이 보험사가 하는 말이 곧 판결이 되어 버리는 셈이니까.

더군다나 보험사는 해당 서류를 제출할 때 단 한 번도 그걸 작성한 직원의 이름이나 신분, 소속을 제공한 적이 없다.

매번 보험사 이름의 자문 팀에서 나온 자료라는 말만 했을 뿐이다.

　대기업이든 소기업이든 보험사의 양심성이 100% 보장될 리 없다는 건 판사도 아는 사실.

　그런 상황에서 자문한 사람의 신분상 자격 문제를 걸고넘어지면 무시할 수가 없어진다.

　"재판장님, 원고는 자신들이 작성한 서류에 대한 공신력을 법원에서 강제로 인정하도록 유도하고 있습니다. 만일 이걸 작성한 사람이 법적으로 아무런 공신력도 없는 사람이라면 그 사람이 한 자문은 법적인 원인이 없는 것이니 이 재판은 기각되어야 정당하다고 보입니다."

　노형진의 말은 간단했지만 그동안 자문 팀이라는 이름으로 온갖 만행을 일삼던 보험사로서는 머리가 아픈 일이었다.

　"인정합니다. 원고 측은 조속한 시일 내에 자문한 자문 위원의 경력을 증명할 수 있는 서류를 제출하기 바랍니다."

　"아, 재판장님. 익명은 안 됩니다. 익명으로 제출하면 그것도 조작하기 쉬우니까요."

　익명으로 제출하면서 경력이 한 20년쯤 되는 의사라고 주장하면 할 말이 없으니까.

　"실명으로 제공하시기 바랍니다."

　판사 역시 이번에도 노형진의 말에 동의하면서 고개를 끄덕거렸다.

당연하게도 그런 판사의 말에 보험사 측 변호사는 이를 빠드득 가는 수밖에 없었다.

⚖️

"그 변호사 얼굴 봤습니까? 똥 씹은 얼굴이 되던데요. 하하하하!"

고용근 변호사는 신나게 웃었다.

그럴 만도 했다.

매번 말도 안 되는 헛소리를 하면서 보험금을 지급하지 않기 위해 피해자들을 괴롭히던 보험사 측 변호사들이다.

질 걸 알면서도 사사건건 꼬투리를 잡아 말도 안 되는 헛소리를 하며 피해자들이 고통에 몸부림치다 죽는 순간만을 기다리던 흡혈귀 같은 놈들이 아무런 대꾸도 못 하는 꼴을 보는 게 얼마나 속 시원한 일인지는 겪어 본 사람만이 알 것이다.

"일전에 보험사 새끼들이 무슨 짓을 했는지 아십니까? 군대에서 소대장을 불러다가 구보 뛸 때 무릎이 안 좋다고 빠진 일을 증언시켜서, 교통사고가 아니라 원래 있던 병으로 만들더라고요."

"소대장이라는 작자가 그걸 증언해요?"

"하더군요. 뭐, 뻔하죠. 돈 좀 받았을 겁니다."

사실 말년쯤 되면 구보를 뛰기 싫어서 무릎이 안 좋다는 거짓말 아닌 거짓말을 조금씩은 하기 마련이다.

 그런데 그걸 이용해서 보험금을 주지 않기 위해 그런 짓거리까지 하다니.

 그런 보험사 놈들도 우습고, 한때 부하였던 사람을 엿 먹이겠다고 그런 가짜 증언을 한 소대장이라는 작자도 웃긴 놈이다.

 "그래서, 어떻게 되었나요?"

 "애초에 소대장 정보는 군사보안 아닙니까? 그걸 어떻게 알았냐고 캐묻고 국방부에 신고했더니 갑자기 소 취하하고 돈 주고 끝내더라고요."

 "잘하셨습니다. 안 봐도 뻔하죠."

 보험사들은 이기기 위해 종종 별의별 더러운 짓을 다 한다.

 실제로 과거에 보험사들이 돈을 다시 뜯어내기 위해 민간인을 사찰하다가 걸려서 노형진에게 호되게 털린 적도 있다.

 그런 놈들이 과연 불법적인 정보에 관심이 없을까?

 무능한 사람이라면 당황해서 어버버하겠지만 눈치 빠른 변호사라면 그게 위법적인 요소가 들어간 정보라는 걸 금방 알아차리고 역습할 수 있다.

 "하여간 그놈들은 이기려고 별짓을 다 한다니까요."

 노형진은 고개를 절레절레 흔들었다.

 "어찌 되었건 다음 계획은 간단합니다. 그놈들이 이름을 공개하면 그걸로 다시 소송에 들어가는 거고, 이름을 공개하지 않으면 서류의 불법성을 따지면서 기각을 요구하는 거죠."

그렇게 되면 보험사는 소송비용도 물어 줘야 하고, 보험료 지급을 거절할 이유도 당연히 가지지 못하게 된다.

"그러면 기다리는 사이에 일단 다른 문제를 해결하죠."

"그 맥브라이드 평가표 말씀이군요."

"맞습니다. 전에 그러셨죠, 그거 말고 다른 방법이 있다고?"

"네, 맥브라이드 말고 한국에서 새롭게 만든 게 있습니다. 바로 한국의학협회에서 만든 장애 판단 평가표입니다."

정확히는 다른 나라에서는, 특히 미국에서는 이미 의사들이 맥브라이드 평가표를 폐기하고 새로운 기준을 만들어서 이용하고 있는데, 한국의학협회에서 그 미국의 기준을 기반으로 한국에 맞게 수정한 것이다.

"하지만 그걸 제출하는 건 쉽지 않을 텐데요?"

가장 큰 문제는 지금 새로운 평가표를 볼 줄 아는 의사가 거의 없다는 거다.

대부분의 교통사고 담당 의사들은 맥브라이드 평가표에 대해서만 알고 있을 뿐 정작 한국의학협회의 평가표에 대해서는 잘 모른다.

또한 교통사고와 밀접한 자문의들은 대부분 보험사와 친하기 때문에 보험사에 유리한 평가표를 쓰려 할 게 당연한 일.

　물론 이 한국의학협회의 평가표가 무조건 환자에게 유리한 건 아니다.

　맥브라이드 평가표에는 기존 상해에 대한 기준이 없기 때문이다.

　가령 이미 디스크 10%의 가동 제한이 있었는데 교통사고로 50%의 가동 제한이 생긴다면, 맥브라이드는 디스크에 대한 진단이 부족하기에 10%의 상해에 대한 진단을 빼지 못해서 50%를 전부 지급하지만 한국의학협회의 평가표는 10%의 가동 제한을 빼고 40%만을 지급한다.

　일견 맥브라이드 평가표가 환자에게 유리한 것처럼도 보이지만 이건 일부만 그렇다.

　무엇보다 큰 것은, 맥브라이드 평가표를 만든 의사가 정형외과 의사였던 탓에 심리적인 충격으로 인한 우울증 등 정신과적인 손실은 전혀 인정되지 않는다는 점이다.

　예를 들어 사고로 다리를 절단해서 노동력 40% 상실 판정이 나오면 보험사는 그에 대해 딱 그 40%에 대한 배상만 하면 되는 거다.

　신체의 상해로 인한 우울증의 발현 등 심리적 충격에 대해서는 아예 기준에 없으니까.

　더군다나 과거 방식의 의학적 검사를 기준으로 만들어져서 근육통이나 신경 쪽 문제 등에 대해서도 청구가 힘들다.

그렇다고 해서 정형외과적인 부분에서는 맥브라이드 평가표가 무조건 유리한 거냐 하면 그것도 아니다.

분명 맥브라이드 평가표는 상실된 노동력으로 인한 손실에 대해 정확하게 구분해 났다.

위에서 언급한 10%의 기존 디스크를 증명하지 못해서 50%를 주는 것은 과거에 디스크를 확진할 수 있는 기술에 한계가 있어서 경미한 디스크는 진단하지 못했기 때문이고, 현재는 CT나 MRI를 통해 경미한 디스크도 검사할 수 있게 되었다.

당연히 보험사는 맥브라이드에 있든 없든 간에 무조건 과거 질병으로 디스크가 있다고 주장하면서 배상액을 깎아 버리려고 하기 때문에, 맥브라이드 평가표에 자기들의 별도의 감가 사유를 붙여서 더더욱 돈을 안 주려고 최선을 다한다.

보험사에서 진료 기록을 내놓으라고 요구하는 이유가 바로 그거다.

진료 기록에서 꼬투리를 잡아 어떻게 해서든 보험금을 지급하지 않기 위해서다.

그러니까 일반적인 기준에서 본다면 맥브라이드 평가표보다는 한국의학협회의 평가표가 피해자에게는 더 유리한 거다.

"그러니까 그걸 적극적으로 밀어주는 곳이 생긴다면 이야기가 달라지지요."

"하지만 누가요? 그걸 적용해서 진단해 줄 사람은 거의 없습니다."

의사가 맥브라이드 평가표를 취사선택하여 그에 따라 진단을 내리는 게 아니다.

진단할 때 이미 염좌면 염좌, 디스크면 디스크로 결정되니까.

다만 큰 질병의 경우는 정신적인 치료 등 검사할 영역이 확대되는 경우가 많다.

신경 치료만 해도 마찬가지다.

예를 들어 교통사고 후 종종 이유 없이 통증이 발생하는 복합부위통증증후군이라는 질병이 생기기도 한다.

그런데 그 질병은 아직 원인도 모르고 해결책도 없는 상황.

이 통증이 얼마나 심한지, 그 병에 걸린 사람은 차라리 죽여 달라고 빌 정도다.

실제로 그 병에 걸리면 자살률이 엄청 높다.

다른 통증과 다르게 진통제가 아예 먹히지 않는 질병이기 때문이다.

그런데 맥브라이드 평가표에는 이런 질병이 없고, 통증의 강도란 현실적으로 타인이 잴 수가 없는 영역이다.

그래서 보험사에서는 맥브라이드 평가표를 들이대면서 그런 질병은 없기 때문에 보상을 못 해 준다고 주장하며 보험금을 지급하지 않는 것이다.

하지만 현대 의학에서는 해당 질병을 확실하게 인지하고

있고, 그 통증이 발생하는 경우에 나타나는 신체적인 반응을 읽을 수 있는 장비가 있기 때문에 그걸 인정받을 수 있다.

결과적으로 이런 복합부위통증증후군 같은 경우에는 100% 소송으로 들어가는데, 질병의 특성상 그걸 가지고 싸우는 게 쉽지 않다.

"그러니까 누군가는 그걸 확실하게 점검해서 제공하게 해야지요."

"하지만 어떻게요?"

고용근은 고개를 갸웃하며 물었다.

"저한테 그러셨죠, 대룡에서 도움을 받았으면 좋겠다고."

"네, 그랬지요."

"과연 보험사에서 대룡에 소송을 걸 수 있을까요?"

노형진은 씨익 웃으며 말했다.

⚖

"교통사고 전문 병원? 한방병원을 말하는 건가?"

"아니요. 그게 아니라, 말 그대로 교통사고 환자만 전담해서 치료하는 병원을 말하는 겁니다."

그 말을 들은 유민택은 이해가 되지 않는 얼굴로 노형진을 바라보았다.

"이미 그런 병원들이 많은데?"

"하지만 공신력은 없죠. 교통사고가 나면 금액이 큰 경우는 대부분 소송으로 넘어가고, 그 소송 과정에서 의사도 환자도 고통을 받습니다."

"그렇잖아도 그 이야기는 대룡병원에서 보고가 올라왔네. 안과 쪽이랑 보험사가 한판 했다고 하더군. 자네 솜씨라며?"

"어쩌다 보니 그렇게 되었습니다. 현실적으로 보험사랑 싸우는 병원은 없죠. 그래서 드리는 말씀입니다."

"보험사랑 싸우는 병원이라……."

노형진의 말에 잠깐 생각에 잠긴 유민택.

그때 옆에 있던 유영민이 더 빠르게 노형진이 말하고자 하는 걸 캐치했다.

"그러니까 형은 보험사와 소송할 수밖에 없는 전국의 환자들을 모두 빨아먹자 이거네요."

"눈치 빠르네?"

"아니, 저도 이제 일을 좀 알아보고 있잖아요. 얼마 전에 대룡장애인복지병원 일도 있었고."

"장애인복지병원? 거긴 왜?"

얼마 전 오픈한 장애인복지병원은 대룡의 실험적인 병원이자 동시에 새로운 시장 개척의 시도였다.

장애인을 전문적으로 치료하는 병원으로 개관에 관련해서 지역 주민들과 마찰이 있었지만 노형진 덕분에 깔끔하게 해결된 곳이었다.

"그 후에 일부는 개방하기로 했잖아요."

"그랬지."

"그래서 거기에 응급실이 만들어졌고요."

장애인병원이라 일반 질병은 치료하지 않지만 지역 주민들의 편의를 무시할 수는 없기에 긴급 상황에 대비하기 위해 응급실과 중환자실은 만들어 뒀다.

"거기에 오는 환자 대부분이 교통사고 환자더라고요. 그런데 이야기를 들어 보니까 상당수가 소송에 들어가기 위해 서류를 떼러 온다고 했어요."

"그래?"

"네. 저도 물려받아야 할 게 있으니까 좀 들었죠."

"음, 확실히 그랬지. 확실히 병원에서도 비슷한 말을 하기는 했어."

보험사들에서 보험금을 지급하지 않기 위해 온갖 수작질을 부리고 있는 건 다들 아는 상황이고, 대룡병원 역시 그걸 알고 있었다.

"그런 상황에서 그들에게 정식으로 반기를 드는 병원이 있다면 어떤 일이 벌어지겠습니까?"

"흠, 그렇군. 전국에서 교통사고가 매년 엄청나게 일어나기는 하지."

매년 단순 염좌에서부터 장애 판단까지 어마어마한 숫자의 환자들이 나오고, 그들은 최소한 중립적이라고 생각하는 병원에 간다.

"그런 말이 있지 않습니까? 누가 자기를 엿같이 본다면 엿같은 이유를 만들어 줘라."

노형진의 말에 유영민은 다른 말을 해서 상황을 설명했다.

"'일단 오세요' 같은 건가?"

"일단 오세요? 그건 또 뭐냐?"

"아, 인터넷 우스갯소리요."

누가 인터넷에, 교통사고가 났는데 보험사에서 합의해 주지 않으려 한다고 글을 쓰자 거기에 '일단 오세요.'라는 댓글이 달린 거다.

"어디를?"

"그 댓글을 쓴 병원이 강함한방병원이거든요."

"거기가 왜?"

"지금 형이 말해 준 포지션을 잡고 있는 병원이에요."

"이미 그런 병원이 있어?"

노형진은 그걸 몰랐기에 깜짝 놀랐다.

"네, 있어요. 다만 한방병원이라 파괴력은 약해요."

한방병원은 일반 병원이 아니기에 검사나 판단에 한계가 있다.

단순한 접촉 사고 이상의 대형 사건에서는 아무런 힘도 쓰지 못한다.

하지만 그곳에 입원하면 그래도 합의가 잘 이루어지기는

한다.

아니, 그랬다. 일단 병원비가 엄청나게 비싸니까.

교통사고의 경우 병원비는 보험사에서 내는 것이기 때문에 건강보험으로 처리되지 않는다.

"지금은 좀 덜한 모양이기는 하지만요."

"그럴 거다. 법이 바뀌었으니까."

과거에는 교통사고가 나면 치료와 입원 기간에 제한이 없었다.

하지만 지금은 보험사의 로비로 인해 상해의 수준에 따라 일정 기간 이상 입원을 못 하도록 법이 바뀌었다.

가령 전치 4주라고 진단이 나오면, 전에는 두 달씩 있어도 뭐라고 못 했지만 지금은 4주 이상 있으면 돈이 안 나오고 심지어 보험심사평가원에서 그걸 문제 삼아서 조사까지 나오기 때문에 그렇게 오래 입원하지 못한다.

말로는 보험 사기를 막기 위해 그런다지만 그 법을 통과시키기 위해 보험사에서 수십억씩 돈을 뿌려 가면서 로비한 건 딱히 비밀도 아니다.

"그런데 전문 병원에서 한다고 하면 이야기가 달라지죠. 검사비만 해도, 어우야."

유영민은 자신의 할아버지를 닮아서 그런지 엄청나게 촉이 좋았다.

"검사비에 입원비에, 거기다 종합 진단 병원이니까 겉으로 안 보이는 것에 대해 주장하기도 쉽죠."

가령 단순 2주 염좌일 경우 한방병원에서는 그냥 2주 있다가 나와야 하지만, 신경 검사가 가능한 종합병원 시설에서는 신경학적인 문제로 8주 입원이 예상된다고 진단하기에 보험사에서는 그 정도의 문제가 아니라는 걸 증명해야 한다.

"영민이 네가 눈치가 빠르구나."

"열심히 배우고 있습니다."

"그게 차이가 있나?"

"있습니다."

신경학적인 부분이 문제라서 8주간 입원한 것이 부당하다고 증명하기 위해서는 전문가의 도움이 필요하기 때문이다.

"하지만 우리는 저쪽 전문가의 씨를 말릴 거니까요."

물론 진짜 멀쩡한데 8주씩 입원하는 것은 불가능하다. 나중에 머리가 아파지니까.

하지만 지금처럼 아직도 아파 죽겠는데 환자가 겉으로는 멀쩡해 보인다는 이유로 무조건 퇴원해야 하는 불합리한 상황에서는 벗어날 수 있다.

왜냐하면 보험심사평가원에서 주장하는 근거는 맥브라이드 평가표인데, 이쪽에서 주장하는 건 한국의학협회 평가표가 기준이 되는 데다 애석하게도 보험심사평가원에는 그걸 뒤집거나 꼬투리 잡을 만한 전문가가 없기 때문이다.

결국 그걸 뒤집기 위해서는 소송을 해야 하는데, 판사가 현직 의사들이 현대적 기준으로 만든 한국의학협회 평가표를 부정하기 위해서는 그게 틀렸다는 걸 보험심사평가원에서 증명해야 한다.

그러나 그걸 증명할 정도의 의사들은 죄다 의학협회 소속이니까 부정 자체가 불가능할 거다.

설사 일부 의사를 설득한다고 해도 거의 90년 전 기술이 현대 기술보다 우월하다고 인정해야 하는 셈이니 세상에 그걸 인정할 의사는 없다.

"거기다 다른 것도 있습니다."

"다른 거?"

"맥브라이드 평가표를 이용해서 상해를 진단하는 다른 병원과 달리, 이쪽은 한국의학협회의 평가표를 기준으로 삼는 겁니다. 현재 상황에서 일반적으로는 맥브라이드 평가표보다 의학협회의 평가표가 더 환자에게 유리하거든요."

복합부위통증증후군을 예로 들면, 맥브라이드 평가표를 기준으로 판단하는 경우 80% 정도의 노동력 상실을 기준으로 삼을 거다. 그마저도 보험사는 50% 미만을 주장할 테고 말이다.

그런데 현실적으로 복합부위통증증후군 환자는 사회생활 자체가 불가능하기 때문에 100% 노동력 상실로 봐야 한다.

더군다나 맥브라이드 평가표는 정신과와 관련된 소견을 전혀 감안하지 않는다. 극단적인 고통에 시달리는 사람이 겪을 공포감과 우울증에 대한 보상은 전혀 생각하지 않는다는 거다.

하지만 한국의학협회 평가표에는 있다.

"그러니까 우리 병원은 피보험자가 좀 더 유리하게 판단될 수 있는 법적인 자료를 제공한다 이거군."

유민택도 노형진이 말하는 게 뭔지 바로 알아차렸다.

"맞습니다."

"흠, 돈이 되겠어. 그것도 전국적으로 말이지."

전국에서 매년 발생하는 교통사고는 엄청나다.

그중에서 단순 염좌 같은 건 빼고 계산한다고 해도 현재 보험사에서 거는 소송의 숫자를 생각하면 그 수익은 어마어마할 수밖에 없다.

"그렇잖아도 관련 자료를 준비해 놨습니다."

노형진은 미리 준비한 서류를 건넸다.

그걸 받아 든 유민택은 깜짝 놀랐다.

"한 해에 20만 건 이상이라고?"

"네. 환자와 보험사들 간에 보험료 문제로 발생하는 소송 중에서 환자가 한 달 이상 입원한 사건만 추린 겁니다."

"흠."

아무리 큰 병원이라고 해도 병상의 수가 4천 개를 넘기기는 힘들다. 초대형 대학 병원조차도 어렵다.

한 달 입원한다고 하면 4천 명.

그리고 1년이면 5만 명 가까이 된다.

그런데 교통사고의 경우 장기 입원은 한 달이 아니라 서너 달, 길게는 1년을 넘기기도 한다.

"더군다나 이런 병원은 입원비나 검사비를 아주 비싸게 책정할 수도 있지요."

실제로 교통사고 전문 병원은 기존 병원들보다 훨씬 넓고 쾌적하다.

당연히 그만큼 비싸지만, 어차피 돈은 보험사가 내는 거니까.

"그리고 모든 검사비는 필요하다고 하면 보험사가 내니까요."

"하지만 그러기에는 돈이 너무 많이 드는데?"

유민택은 솔직히 말했다.

"전국적으로 이런 병원을 만드는 건 어려운 일이야. 자네도 알지 않나, 병상 4천 개짜리 병원을 만들려면 얼마나 큰 돈이 드는지."

"그래서 저는 대룡만이 가능하다고 이야기하는 겁니다."

"물론 돈이 없는 건 아니지만……."

규모와 비용을 계산해 보던 유민택이 내키지 않는 듯 말끝을 흐렸다.

그러자 노형진이 단호하게 말했다.

"아니요. 돈이 아니라 시스템적인 문제입니다."

"시스템적인 문제?"

"대룡이 장애인 전문 병원을 만든 목적이 뭡니까? 전국의 검사 광역망을 쓰기 위해서가 아닙니까?"

"그렇지."

"이미 전국에 한방병원은 넘쳐 납니다. 지금도 상당수 한방병원이 생기고 있어요. 그런데 상당수의 한방병원이 교통사고 전문 병원이지요."

"그게 우리랑 무슨 상관인가?"

아직 그 말뜻을 눈치채지 못한 듯 유민택이 의아해하는 그때, 유영민이 탄성을 질렀다.

"우리가 한방병원을 흡수하면 병실 문제가 해결된다는 거네요?"

노형진이 미소 띤 얼굴로 고개를 끄덕였다.

"맞아. 입원 시설로 한방병원을 이용하는 거지. 원격 회선으로 연결된 한방병원으로 보낸다면 우리가 따로 병원을 만들 이유도 없고. 어차피 대다수를 차지하는 정형외과적인 사고의 경우는 입원 이후에 약 챙겨 주는 거 말고는 해 줄 수 있는 게 없으니까."

그러니 대룡은 검사를 전문적으로 하는 병원만 만들면 된다는 게 노형진의 생각이었다.

"검사 전문 병원이라?"

"지금 한방병원은 양방병원과 전쟁 중입니다. 사실상 서로 물어뜯고 있죠."

양방과 한방 양쪽 다 하는 병원이 없는 것은 아니지만 그

둘의 관계는 썩 좋지 않다.

왜냐하면 양방은 한방을 의학이 아니라 잡기 또는 미신이라고 몰아붙이고, 한방은 양방을 본질을 보지 못하는 머저리 취급하고 있으니까.

"그리고 지난번 엑스레이 사건으로 그 대립이 심해졌죠."

"엑스레이 사건?"

"정부에서 한방병원에서 엑스레이를 찍을 수 있도록 허락하는 법을 만들려고 했죠."

한방은 근육이나 신경에는 분명 효과가 있지만, 골절되거나 금이 간 데에는 효과가 없다는 문제가 있다.

검사한 다음 깁스한 채로 시간이 흘러 자연스럽게 치유되기를 기다려야 하기 때문이다.

하지만 한방병원에서는 엑스레이와 같은 몸 상태를 확인할 방법이 없다 보니 근육에 대한 대증 치료, 즉 증상만을 치료해 골절된 사실이 늦게 발견되는 경우가 많았다.

그래서 엑스레이로 검사해서 한방으로 해결하기 어려운 문제인 경우 양방병원으로 보내는 방식으로 대처하려고 했는데, 일반 의사들이 그건 자신들의 영역이라며 들고일어난 것이다.

그들 입장에서는 증상을 확인하고 찾아오는 환자의 안전보다는 엑스레이라는 '자기네 영역'이 침범당하는 걸 용납할 수가 없었던 것.

"그런데 지금 대룡은 그런 양방의 핵심적인 기업 중 하나죠."

"그렇지."

대룡병원은 전국에서 가장 큰 규모를 자랑하고 있고, 미국에서도 대룡은 거대한 의료 재단을 몇 개씩 집어삼켜서 막대한 수익을 내고 있다.

그래서 원래 서울에만 있던 대룡병원이 경기도를 비롯해서 전국으로 확장되고 있었다.

"그러면, 형 말대로 하면 한방도 우리 아래로 들어오겠네요?"

"정확하게 표현하면, 아래로 들어오기보다는 대룡과 손잡을 수밖에 없겠지."

대룡에서 검사해서 진단을 받은 사람들이 양학적인 진료가 필수적이지 않은 단순 골절 등인 경우에는 깁스하고 나서 움직이지 않는 것 말고는 방법이 없으니 한방병원으로 보내면 그만이다.

신경학적인 문제는 대룡병원에서 치료해야겠지만.

"아까 필요한 침대의 숫자가 4천 개라고 하셨지요? 하지만 그게 가능하다면 병실의 숫자는 의미 없죠."

필수적인 사람만 받아서 관리하고 나머지는 관리하에 있는 한방병원으로 보낸다.

그 대신에 대룡은 자료를 받아서 관리하고 동시에 보험사와 싸운다.

"파괴력이 어마어마하겠군."

단순히 돈의 문제가 아니라, 그렇게 된다면 대룡은 의학계에서 어마어마한 파괴력을 가진 집단이 된다.

이미 양방에서는 절대적인 우위를 가지고 최정상에 있는 상황이니 이 계획대로라면 한방에서도 강력한 영향력을 가지게 되는 것이다.

"그리고 이게 소문나면 환자들은 너도나도 대룡병원을 찾아올 겁니다."

왜냐하면 다른 병원보다 훨씬 넉넉한 입원 기간에, 훨씬 정밀한 검사에, 훨씬 중립적인 곳이니까.

"돈이 중요한 게 아니군."

한국에서 의학의 영역은 권력의 영역과 아주 밀접한 관계가 있다.

의사들이 소위 사회 지도층으로 인정받고 있으니까.

그런데 그런 그들을 통제할 수 있는 강력한 힘을 가지게 된다?

"해 볼 만한 건수입니다."

"물론 보험사들이 지랄하겠지만 말이지."

"문제는 그거죠. 우리가 뭘 하든 보험사는 지랄할 거라는 겁니다."

보험금을 지급하지 않기 위해 무슨 짓이든 하는 보험사가 대부분이다.

그런 그들에게 있어서 피해자는 사고를 당한 불쌍한 사람

이 아니라 자신들에게 보험금을 청구하는 거지 같은 인간일
뿐이다.

"검사 시설을 만드는 건 어렵지 않지요?"

"그거야 어렵지 않지."

이미 보유한 빌딩 일부를 개조해서 진단검사용 장비만 들
이면 그만이니까.

하지만 그것만으로도 대룡은 막대한 돈을 벌어들이게 될
거다.

"그런 장비를 구입하는 라인이 없는 것도 아니니까요."

보통은 진단검사용 장비를 대여해서 사용하지만 대룡은
그럴 필요가 없다. 장비의 사용처가 워낙 많기 때문이다.

"그리고 미국에도 구형 모델들이 있지요?"

"그건 그렇지. 그런 걸 교체할 때도 있고."

미국은 의료 비용이 비싼 만큼 모든 장비를 최고로 맞추는
성향이 있다. 그래서 미국에서 교체된 장비가 중고로 많이
나온다.

단순 교통사고라면 그런 걸 사다가 설치해서 검사해도 문
제는 없다.

"재미있군."

유민택은 자신도 모르게 웃었다.

지금의 대룡에서 더 이상 성장하거나 영향력을 늘릴 기회
는 없을 거라 생각했다.

그런데 노형진이 생각해 낸 계획은 한국의 의학계를 완전히 뒤집어 버릴 만한 일이었다.

"영민아."

"네, 할아버지."

"이번 일은 네가 한번 해 보거라."

"네? 제가요? 저는 아무 직함도 없는데요?"

"이제 아르바이트는 그만하고 제대로 취업해야지."

지금까지는 바닥에서 일을 배워야 한다며 유영민을 비정규직으로 굴렸던 유민택이다.

하지만 유영민은 대룡의 후계자다. 언제까지고 바닥만 구를 수는 없다.

"이번에 프로젝트 팀을 하나 만들어서 특채로 넣어 주마."

이게 성공한다면 당연히 유영민이 그 공적을 얻게 된다.

누군가는 욕할지 모르지만, 완벽하게 공정한 게임이라는 것은 상상 속에서도 힘든 일이다.

게다가 다른 곳에서는 바닥부터 일을 배우기는커녕 입사하는 것과 동시에 본부장쯤 달고 아랫사람을 부려 가면서 일을 배울 테니 그에 비할 바가 아니다.

"제가 할 수 있을까요?"

"해야지. 그래야 대룡을 이어 갈 수 있지."

유영민은 고개를 끄덕거렸다.

드디어 자신이 본격적으로 후계자로서 교육받는다는 생각

에 가슴이 떨려 왔다.

"노 변호사, 자네에게는 뭘 해 주면 되나?"

"일단은 간단하게 시작하죠."

"어떤 거?"

"대룡병원에서 한국의학협회의 평가표를 기준으로 진단서를 발급하는 겁니다."

그리고 그게 소문나면, 나중에 새로운 검사 시설을 오픈한다고 해도 환자를 채우는 건 어렵지 않을 것이다.

"간만에 재미있는 일이 벌어지겠군."

유민택은 오랜만에 기대감에 웃을 수 있었다.

존재를 증명하라

노형진의 예상대로 보험사는 어쩔 수 없이 해당 자문을 한 사람의 이름을 공개했다.

그걸 본 노형진은 혀를 끌끌 찼다.

"자문이라는 게 원래 혼자서 하는 겁니까?"

"뭐, 의사들이라면 그렇지만 저쪽에서는 계속 팀이라고 주장했으니까 그건 아니겠죠?"

"그런데 왜 한 명의 이름만 올라온 거죠?"

"뻔하죠. 어떻게 해서든 내부 직원을 보호하려는 거지요."

그리고 아마도 가장 직급이 높은 사람을 골라서 보냈을 거다. 비상 상황에 대비하기 위함인 것이다.

"뭐, 이해는 되는데……. 설마 우리가 뭘 할지 예상하지 못하는 걸까요?"

"설마요."

"아니요. 모를 수도 있죠. 딱히 창의적인 방어법을 쓰던 놈들이 아니니까."

노형진이 봤을 때 해당 보험사는 이런 상황에 대해 어떻게 대비할지 전혀 모르는 것 같았다.

실제로 법률 전문가들의 상당수는 창의력과 적응력이 극도로 제한되는 특징이 있다.

왜냐하면 한국의 사법 시스템이 요구하는 건 통찰력보다는 암기력이기 때문이다.

그래서 아무리 지능이 낮아도 두뇌와 암기력만 뛰어나면 사법시험을 패스하기가 수월하다.

"그러면 우리는 이 사람을 증인으로 호출하면 되겠네요."

"네, 그리고 그 후에 질문을 하면 됩니다."

물론 그 질문은 그들의 예상과는 많이 다를 테지만 말이다.

⚖️

다시 시작된 재판 당일.

노형진이 미리 증인으로 신청했기 때문에 보험사의 자문을 했던 사람이 증인으로 출석했다.

증인 선서가 끝난 후, 노형진은 그녀에게 다가가 질문을 던졌다.

"증인은 20년간 간호사로서 근무하고 퇴직했습니까?"

"네. 대학 병원에서 20년간 간호사로 근무하고 퇴직했습니다."

"그리고 현재는 원고 측 보험사에 취업해 자문 팀에서 근무 중이라고 들었는데, 맞습니까?"

"네, 맞습니다."

"그렇다면 증인이 이번 사건의 내부자문을 해 준 게 사실입니까?"

"네, 맞습니다."

"그리고 이번 건에 관해 본인이 한시 장애로 6개월이라 판단한 것도 맞습니까?"

"네, 맞습니다."

예상 그대로의 질문만 나오자 안심했는지, 증인의 얼굴에서 긴장의 빛이 점차 사라져 갔다.

지금까지의 흐름대로라면 왜 그런 결정을 했느냐는 질문이 나올 것이 명백한 상황.

사전에 예상한 전개였기에 그에 따른 답변도 이미 준비해 온 상태였다.

그러나 다음 질문은 그들이 생각하지 못한 유형의 것이었다.

"증인, 그러면 이 사진에 대해 진단해 주세요."

"네?"

"여기, 엑스레이와 MRI 그리고 CT 촬영본입니다."

노형진은 갑자기 서류철과 작은 태블릿 하나를 건네며 말했다.

"이걸로 뭘 하라고요?"

"지금 이걸로 진단을 내려 보시라고 했습니다."

그 말에 그 간호사는 당황해서 서류를 바라보았다.

"갑자기 그러시면……."

"물론 정밀 진단까지는 안 바랍니다. 그냥 간단한 진단만 내려 주셔도 됩니다."

그 말에 간호사는 얼떨떨한 표정으로 자료를 살펴보았다.

"이 환자가 어떤 상황인지, 어떤 질병을 겪고 있는지, 그리고 어느 정도의 상해를 입었는지 말씀해 주시기 바랍니다."

그러나 간호사는 아무런 말도 못 하고 눈만 데굴데굴 굴렸다.

진단할 수가 없는 것이다.

'그럴 수밖에 없겠지.'

알 리가 없다.

물론 실력이 좋은 간호사라면 알 수도 있을 거다.

차라리 간호대를 졸업한 지 얼마 안 된 사람이라면 자료를 보는 법을 알지도 모른다.

하지만 무려 20년간 오로지 의사의 진단에 따르기만 했던 간호사에게 영상 자료를 보고 진단할 수 있는 능력이 있다고 보기는 힘들다.

"모르시겠나요?"

당연히 아무런 대답도 하지 못하는 간호사.

그 모습을 지켜보던 노형진은 자료를 다시 챙겨 왔다.

그제야 노형진이 뭘 노리는지 알아차린 상대방 변호사는 얼굴이 노래졌다.

"재판장님! 이건……!"

"이건 뭐요? 제가 잘못된 질문을 했나요?"

"그건……."

아니다.

노형진은 어떤 불법적인 질문도 하지 않았고, 딱히 압력을 넣거나 한 것도 아니다. 항의해서 진술을 막을 만한 근거가 없다.

"증인에게 부당한 압박이……."

"이 사건의 최초 소송의 근거가 된 내부자문입니다. 그 자문의 정당성에 대해 문제 삼는 게 부당한 압박입니까?"

"원고 측 변호인, 피고 측 변호인의 말이 맞습니다. 이건 정당한 질문이에요."

판사 역시 선을 그어 버리자 변호사는 어쩔 수 없이 자리에 앉았다.

"그러면 증인, 이건 어떻습니까?"

노형진은 다른 서류를 내놨다.

하지만 증인은 여전히 아무런 말도 하지 못했다.

"어려운가요? 그러면 쉬운 걸로 보여 드리죠. 이건 어떤 상황입니까?"

노형진은 세 번째 서류를 제출했다.

이번에도 증인은 아무런 말도 하지 못했다.

그러자 노형진은 몸을 돌려서 재판장에게 말했다.

"재판장님, 이 첫 번째 사진은 증인이 자문한 환자와 비슷한 교통사고를 당한 환자의 진단 자료로, 동일하게 디스크로 인한 40% 영구 장해로 판단되었습니다. 만일 증인이 피고의 영상 자료를 보고 한시 장애 20%를 진단할 수 있는 실력을 갖춘 자였다면 이 영상 역시 동일한 결과, 하다못해 디스크라는 진단을 내려야 했습니다."

"……."

노형진의 말에 증인은 아무런 말도 하지 못하고 고개를 푹 숙였다.

그 와중에도 노형진의 공격은 계속되었다.

"두 번째 자료는 교통사고가 아니라 맹장염을 앓고 있는 사람의 자료입니다. 큰 질병은 아닙니다만 맹장염을 앓고 있는 이상 그 증상이 뚜렷하게 드러납니다. 하지만 증인은 그걸 알아보지 못했습니다."

첫 번째는 정형외과적 질병이며, 두 번째는 내과적 질병.

그리고 세 번째가 바로 노형진이 준비한 카운터였다.

"마지막으로 세 번째는 본 변호사의 진단 내역입니다."

"피고 측 변호사 진단 내역이라고요?"

"그렇습니다. 대룡종합병원에서 진단받은 것으로, 종합건강검진에 포함된 내용이며 디스크를 비롯한 어떠한 질병도 없다는 것을 인정받았습니다."

가장 쉬운 걸 준다.

그건 즉, 아무런 문제도 없는 부위라는 뜻이다.

"하지만 증인은 애석하게도 그마저도 맞히지 못했습니다."

아주 정상적인 검사 기록조차도 진단을 못 한 사람이 어떻게 상해를 진단할 수 있었을까?

지금까지 노형진이 한 모든 질문이 보험사 내부 진단 팀의 실력에 대한 불신을 유도하기 위한 것이었고, 그건 정확하게 먹혔다.

"피고 측, 질문이 더 있습니까?"

은근히 보험사를 편들어 주던 판사도 상황이 심각해지고 있다는 걸 알아차리고는 슬쩍 질문을 막으려 했다.

하지만 노형진이 준비한 카운터는 아직 하나 더 남았다.

"질문이 아직 남아 있습니다."

"진행하세요."

"증인, 증인은 20년간 병원에서 간호사로 근무한 게 사실이지요?"

"네."

아까와 다르게 그녀의 목소리에는 힘이 없었다.

자신의 실력이 없음이 만천하에 드러났기 때문이다.

"그런데 저희가 알아본 바에 따르면 말입니다, 증인은 20년간 안과 쪽 병동에서 근무하셨네요?"

노형진의 말에 다음을 예상한 보험사 측 변호사는 눈을 질끈 감았다.

이런 질문이 나오면 다음 질문은 너무 뻔하니까.

"20년간 안과 질환만 보신 분이 보험사에 취업해서 갑자기 정형외과와 신경에 대해 자문하셨다는 건데…….."

여기서 잠깐 침묵을 지킨 노형진은 이내 증인을 보며 차갑게 물었다.

"증인의 실력은 대체 얼마나 뛰어난 겁니까? 의사들조차도 전문적인 영역을 나눠서 각자 파고들어야 할 만큼 질병이 다양하고 난해한데, 증인은 그냥 사진만 보면 모든 게 다 보이나 보죠?"

원래 정형외과 간호사였다면 모를까, 안과는 정형외과와는 아무런 관련도 없는 곳이다.

당연히 일부 영상을 보았다고 해도 두부, 즉 머리 쪽 영상으로 제한된다.

왜냐하면 허리가 아프다고 눈이 안 보이지는 않으니까.

이것이 법이다

눈에서 발생하는 문제는 보통 안구나 시신경 또는 뇌신경과 관련된 것이다.

즉, 그녀는 20년간 병원에서 일했지만 허리나 정형외과 쪽 진단은 볼 기회조차도 없다는 소리다.

"20년간 단 한 번도 그쪽 자료를 볼 기회가 없었을 텐데요. 어디서 정형외과적인 진단법을 배웠습니까?"

"……."

당연하게도 증인은 아무런 말도 못 하고 고개를 숙였다.

그렇게 절망에 빠지는 증인의 얼굴을 가만히 바라보던 노형진은 곧 판사에게로 시선을 돌리며 웃었다.

"이상입니다."

⚖️

"보험사 변호사가 한 번도 질문을 못 하더군요."

임진기 변호사가 싱글벙글 웃으며 말했다.

"당연하죠. 이미 질문과 답을 다 정해 왔을 텐데."

아마도 그들은 이번 사건에 대한 과학적 소견을 묻는 질문을 하려 했을 테고, 증인으로 나온 간호사는 온갖 전문용어를 이용해서 대답하려 했을 거다.

이게 전형적인 대처법이다.

어차피 어려운 용어를 쓰면 판사는 못 알아들을 테고, 다

른 사람들도 '아, 이 사람이 전문가구나.'라는 생각을 하게
될 테니까.

사기꾼들이 흔하게 쓰는 심리적 방법이다.

"하지만 우리가 먼저 박살 내 놨으니까 할 게 없죠."

이미 진단도 제대로 못하는 사람이라는 걸 증명하고, 심지
어 종사한 의학 분야가 다르다는 것까지 입증한 상황에서 무
슨 질문을 하겠는가?

"그러니까요. 저도 그 생각은 못 했습니다. 전문적인 영역
이라니."

보통 교통사고는 정형외과에서, 질병은 내과에서 자문하
지, 치과나 안과 등 관련이 없는 분야의 의사에게 자문을 받
지는 않는다.

"그런데 웃긴 거죠."

의사도 다 할 수가 없어서 각자의 전문적인 영역을 구분해
서 진단하는데, 간호사로 일하다가 은퇴한 사람이 분야를 막
론하고 자문해 준다?

"이제 보험사 내부자문과 관련하여 심각한 문제가 발생할
겁니다."

지금 이 사건은 전국의 모든 변호사들이 관심을 가지고 지
켜보고 있는 상황이다.

그도 그럴 게, 워낙 보험사와의 소송이 많은 데다가 대부
분의 소송이 인생이 걸린 만큼 소가가 워낙 크기 때문이다.

그런데 노형진이 나섰다는 소문이 파다하기에 그가 하는 걸 그대로 따라 하려고 난리도 아니었다.

오죽하면 보통 이런 사건은 방청도 없는데 이 사건의 재판 당일만큼은 방청하려는 변호사들이 너무 많아서 늦게 온 사람들이 재판정에 들어오지도 못할 정도였다.

"다음 재판은 어떻게 될 것 같습니까?"

"아마도 보험사에서는 총력전으로 나오겠지요."

여기서 지면 다음 재판도 똑같이 지는 건 당연한 일.

그런 사례를 막기 위해서라도 보험사는 다음 재판에 총력전으로 임할 게 뻔하다.

"일단 지금으로서는 자문에 손대지는 못할 겁니다. 시간을 두고 외부 자문을 구해서 동일한 조건으로 판단할 것을 요구할 겁니다."

물론 그건 법적으로 문제가 있다.

왜냐하면 지금 이쪽에서는 자문 동의서를 써 주지 않았으니까.

"기각해 주면 좋겠지만 현실적으로 그건 불가능할 테고."

원래대로라면 그 근본이 되는 자문 진단서가 사실상 위조나 마찬가지이기에 소송이 기각되어야 정상이지만, 보험사 측 변호사들이 재빨리 필수 서류인 외부 자문 동의서를 안 써 줘서 소송하는 것으로 소송 원인을 바꿔 버린 상황이다.

그러니 이미 그들을 편들어 주고 있던 판사는 그걸 받아들여 줄 가능성이 아주 크다.

"그러니까 현실적으로 본다면 재판은 계속될 겁니다. 결과는 결국 같을 테고요."

분명 법원에서는 법원 명령으로 진단받으라고 명령할 거다.

"그리고 거기에서는 우리가 이기겠지요."

이쯤 되면 노형진이 뭔가를 뒤집거나 할 필요는 없다.

애초에 보험사가 채무 부존재 소송을 거는 이유는 상대방을 압박함으로써 터무니없는 조건으로 합의를 이끌어 내기 위해서다.

하지만 이미 피해자는 노형진의 조언에 따라 보험사로부터 가지급을 받아 치료에 전념하는 상황이니 서두를 필요 없다.

그럼에도 불구하고 노형진이 이런 식으로 시스템을 구축하려는 이유는 간단하다.

보험사에서 이런 식으로 피해자들을 말려 죽이는 걸 장기적으로 막기 위해서다.

"이제 남은 건 두 개네요."

"두 개요? 의사에 대한 보호 말고요?"

현 상황에서 가장 문제가 되는 건 적대적인 자문을 한 의사들에 대한 보험사의 무차별적인 자문의 소송이다.

"압니다. 애초에 이 모든 게 그걸 막기 위한 과정이니까."

싸움에서 유리한 포지션을 취할 수야 있겠지만 동시에 그들의 소송은 결과적으로 의사를 노릴 수밖에 없다.

재판정에서 아무리 싸워 봤자 판사들이 자료로써 확신을 가지는 것은 법원에서 정한 자문이니까.

"그걸 막지 못하면 전투에서는 승리하더라도 전쟁에서는 패배하는 게 되죠."

그들의 적반하장식 해석도 막았고 그들의 소위 내부자문 위원회라는 놈들의 헛소리도 막았지만, 보험사가 의사들에게 소송하는 걸 막지 못하면 결국 그들에게 대항해서 자문하는 의사들이 사라져 오로지 보험사의 명령에 따라 헛소리하는 의사들만 남게 될 거다.

"그걸 막기 위해 대룡에 부탁한 거 아닌가요?"

"물론 그렇기는 합니다만."

"그러면 시간문제 같은데요."

노형진이 대룡에 그런 거래를 제안한 것은 단순히 돈을 벌어 주기 위해서가 아니었다.

대룡이 적대적 포지션을 취해 그들에게서 소송이 들어오면 대룡의 성격상 그대로 당하고만 있지 않는다.

돈도 안 받지만 동시에 두들겨 맞는 집단도 아니다.

어떤 보험사든 대룡을 상대로 소송을 건다면 그때는 대룡과의 전면전 상태에 들어가야 할 거다.

이미 대룡은 성화를 날려 먹은 적이 있고, 그들의 파멸을 통해 거대 기업으로 발돋움했다.

그렇기에 시간이 지나면 결국 보험사들은 소송 전략을 포기할 수밖에 없다.

그러지 않으면 대룡에 두들겨 맞을 테니까.

"하지만 제가 시간이 흐르기만을 얌전히 기다리는 성격이 아니라는 걸 아시지 않습니까."

"하긴, 그건 그렇지요."

고용근 변호사는 인정한다는 듯 고개를 끄덕거렸다.

여기서 단순히 인내한다면 최소한 대룡이 자리를 잡을 때까지 수년간은 보험사에서 똑같은 짓을 할 거다.

그리고 한국에서 벌어지는 보험 소송의 추이를 보면 그 피해자는 수십만 명이 훌쩍 넘을 거다.

"그러니까 그 전에 그걸 막을 방법을 찾아야지요."

"그러면 어떻게 하시려고요?"

"역지사지라고 했습니다. 우리는 이미 해당 보험사 자문위원에게 실력이 없다는 걸 알죠. 보험사에서 쓰던 전략을 우리라고 쓰지 말라는 법은 없습니다."

그들에게 자문할 실력이 없다는 건 법원에서 증명했다.

그리고 이제 보험사에서는 신분을 감추고 소송을 진행하지 못한다.

이미 노형진이 함정을 파는 법을 알려 줬고, 비슷한 방식으로 재판들이 이루어지고 있으니까.

"그러면 우리도 그 사람들에게 소송을 걸 수 있군요."

"맞습니다. 그리고 그런 경우 보험사의 선택은 뻔하거든요."

"뻔하다고요?"

"해고할 겁니다."

"네?"

"이제 내부자문 위원은 용도 폐기 대상이니까요. 아니, 폐기하게끔 해야지요."

내부자문은 소송하기 위한 최소한의 제한된 규칙을 증명하기 위해 운영된다.

그런데 노형진이 한 행동은 간단하다. 그 증명을 불가능하게 만들었다.

그러니 이제 변호사들은 자문 위원의 전문성에 의문을 가지고 기각을 요구할 테고, 법원에서는 그걸 부정할 수가 없다.

실제로 간호사로 이루어진 집단의 전문성은 의사들에 비해 떨어질 수밖에 없으니까.

결국 소송하더라도 그것만을 기반으로 한다면 기각의 대상이 될 가능성은 높기 때문에 그게 아닌 다른 이유를 내걸게 뻔하다.

"그리고 그 조건은 뻔하죠."

서류의 미제출. 그걸 물고 늘어질 거다.

물론 법 어디에서도 해당 서류가 필수 서류라는 규정은 없다.

정확하게는, 법원에서는 해당 서류를 필수 서류라고 인정하지 않는다.

하지만 언제나처럼 보험사는 약관이 법보다 더 우위에 있다고 주장하면서, 설사 피해자가 약관에 동의하지 않았다 하더라도 피해자가 약관에 따라야 하는 건 의무라며 소송을 걸거다.

"그렇다면 이제 용도 폐기 대상이 된 간호사들의 미래는 뻔하지 않겠습니까?"

"음, 해직하기야 하겠지만 우리가 소송을 건다고 해서 뭐가 바뀔까요?"

"많이 바뀌죠. 그리고 엄밀하게 말하면 소송을 거는 건 우리가 아닙니다."

"네?"

"우리가 아니라, 소송을 거는 건 의사분들이 되죠."

"그게 무슨 말씀이신지……?"

"지금 핵심은 이겁니다. 어떤 사람의 진단이 맞느냐는 거죠."

보험사에 돈을 받고 자문하던 내부자문 팀에 속한 사람의 진단이냐, 아니면 외부에서 돈을 받고 자문하던 외부 의사의 진단이냐는 것.

"지금 보험사에서 소송하는 근본이 어디에서 나오겠습니까?"

"그거야 그런 자문…… 아!"

그 말에 고용근도, 임진기도 입을 쩍 벌렸다.

보험사에서 이쪽 자문의를 고소할 때 쓰는 의학적인 정보는 어디에서 얻은 것일까?

"본질적으로 보험사가 의사에게 거는 소송은 피해자에게 거는 소송과 같습니다."

"피해자에게 거는 소송과 같다고요?"

"네. 바로 정신적인 압박을 하기 위한 수단인 거죠."

그렇게 함으로써 상대방이 정신적으로 무너지기를 바라는 거다.

과거에는 피해자만을 대상으로 그랬지만 의사의 입을 막는 게 더 유리하다고 판단하고 그런 선택을 한 것.

"그렇군요. 본질적으로 본다면 결국 목적성은 같다라……"

고용근 변호사는 아차 싶었다.

결국 같은 목적을 가지고 접근한다는 걸 감안하면 이 소송은 사실상 판박이라고 봐도 무방하다.

현실적으로 이런 소송을 한다고 해서 법원에서 감수해 준 의사에게 그 법적인 책임을 묻지는 않을 거다.

왜냐하면 그들이 그걸 봐 준 게 불법이 아닌 데다가, 그걸로 인해 자문료 말고 수익이 난 것도 아니니까.

"그리고 그 근본이 된 판단의 바탕은 이 자문이죠."

바로 내부자문위원회의 판단 또는 외부 자문의의 판단.

"이 싸움의 본질은 보험사 대 의사라는 방식으로 보면 안 됩니다."

왜냐하면 체급상 보험사가 이길 수밖에 없는 싸움이기 때문이다.

설사 진다고 해도 보험사는 사실상 손해가 전혀 없다.

그에 반해 의사는 피해가 엄청나다.

"그러니까 우리도 저쪽에게 손해를 줄 수 있는 방식으로 소송을 걸어야 합니다. 그런데 우리는 지난 재판에서 내부자문 위원이라는 사람들이 얼마나 무능한지를 입증했지요."

그러나 그들의 의견에 따라 보험사는 소송으로 의사의 입에 재갈을 물리려고 했었다.

"자격이 없는 자가 그 자격을 사칭해서 자문해 주는 바람에 실질적으로 피해가 발생했다 이거군요."

임진기도 혀를 내둘렀다.

"맞습니다. 그리고 우리는 그걸 이용해 보험사 자문 위원들을 공격하는 겁니다."

그렇게 되면 이 소송은 복잡하게 굴러가기 시작할 거다.

양쪽 다 서로가 맞다고 주장할 테니까.

"아마 보험사도 어쩔 수가 없을 겁니다, 후후후."

⚖

BB손해보험의 내부자문 위원인 주홍련은 소장을 받고 손이 바들바들 떨렸다.

그녀는 본래 대학병원 치과에서 일했지만 그간 내과, 정형외과, 신경외과, 심지어 뇌와 관련된 자문까지 보험사에서 시키는 대로 진단서를 작성해서 법원에 제출해 왔다.

그러다 얼마 전 다른 보험사의 자문 위원이 법원에 끌려가서 온갖 창피를 당했다는 소식을 들었고, 이제는 그녀가 공격의 대상이 된 것이다.

"과장님, 이거 어떻게 해요? 이거 저한테 물어내래요. 저는 잘못한 게 없다고요."

소송의 내용은 간단했다.

자격이 없는 자문으로 인해 소송이 벌어졌고 그로 인해 피해가 발생했으니 의사에게 1억을 손해배상 하라는 것이었다.

"이걸 왜 우리한테 가지고 와?"

"네? 이거 지난번 그 사건이라고요. 그 보험사랑 의사가 싸운 사건."

의사를 소송하기 위해 보험사는 내부 서류를 이용해서 근거를 만들었고, 의사에게 배상금으로 15억을 청구했다.

당연하게도 재판에서 보험사가 졌지만 그럼에도 그 의사는 무려 3년을 소송에 끌려다녀야 했다.

그 의사에게 걸린 소송만 무려 마흔 개가 넘었다.

그 의사는 법원의 결정에 따라 철저하게 중립적인 입장에서 자문해 준 터라 그간 보험사 입장에서는 눈엣가시였는데,

이참에 그의 입에 재갈을 물리기로 결정한 결과였다.

그런데 왜 갑자기 불똥이 자신에게 튄단 말인가?

"그래서 뭐?"

"그래서 뭐냐니요? 무려 40건이에요!"

무려 40건.

건당 1억씩 계산하면 무려 40억이다.

물론 그걸 모두 자신이 자문한 건 아니지만 그래도 몇 개는 했고, 그것만으로도 그녀의 인생을 망가트리기에는 충분한 액수였다.

"그래서 뭐 어쩌라고? 너희가 걸린 소송이잖아?"

"과장님?"

그 말에 주홍련의 손이 바들바들 떨렸다.

"그게 무슨 말이에요? 저희는 그냥 시키는 대로 한 거잖아요."

"말 똑바로 해. 너희는 자문단으로서 양심에 따라 자문한거야. 당연히 너희가 책임져야 하는 일이지."

"네?"

그 말에 혼란스러운 눈이 되는 주홍련이었다.

주홍련뿐만이 아니었다.

같은 사무실에 있던 다른 자문단 직원들 역시 그 말에 혼란스러워했다.

"왜 그래? 너희가 한 자문이잖아."

자문이라는 게 뭔가?

어떤 일을 좀 더 효율적이고 바르게 처리하기 위해 그 방면의 전문가에게 의견을 묻는 행위다.

"그러면 그 책임도 너희가 져야지."

당연히 그 자문에 대한 책임도 본인이 지는 게 맞다.

사실 한국에서는 자문에 대해 법적인 책임을 물리지 않았다.

법적인 책임을 묻기 시작하면 누구도 자문하려 하지 않을 것이기 때문이다.

사회적인 책임, 가령 좌천 같은 건 어쩔 수 없지만.

보험사는 그걸 이용하는 것이 돈이 된다고 생각해 선공한 것이었다.

그러나 그게 자기들의 목을 조이는 방식으로 돌아올 거라고는 그들도 생각하지 못했다.

"저희는 그저 회사에서 시키는 대로 했을 뿐인데……."

"아니, 너희는 자문 위원이잖아? 그러면 그 책임을 너희가 져야지, 왜 우리가 져?"

보험사 입장에서는 이걸 절대로 자기들 책임으로 인정할 수가 없었다.

왜냐하면 자문 때문에 일이 잘못된다 해도 사회적으로는 자문위에게 법적인 책임을 지우지 않는 게 일반적인 관점이긴 하지만, 만일 자문위에 돈을 주거나 협박을 해서 잘못된 자문을 하게 만드는 경우는 형사처벌의 대상이 되기 때문이다.

물론 보험사라는 특성상 실형이 나오기보다는 벌금으로 끝나겠지만, 그 사실이 인정되는 순간 보험사에서 소송을 통해 보험금을 지급하지 않는 방법은 두 번 다시 쓸 수 없게 될 게 뻔하다.

"그러면 이걸 어쩌라는 거예요?"

"너희가 알아서 해야지. 변호사를 사서 대응해."

"변호사를 사라고요? 그 비용은요?"

"그걸 왜 우리한테 이야기해? 너희가 알아서 해야지."

과장의 말에 주홍련은 정신이 아득해졌다. 이건 생각도 못한 일이니까.

하지만 그녀의 고난은 아직 끝나지 않았다.

"주홍련 씨?"

누군가 사무실에 들어와 자신을 찾자 과장과 이야기하던 주홍련은 고개를 돌렸다.

"누구세요?"

"경찰에서 나왔습니다."

"경찰요?"

"네. 경찰에 고발이 들어와서요."

"고발이라니요?"

"자문 자격이 없는데 자문하셨다던데요?"

그 말에 주홍련의 눈동자가 흔들리기 시작했다.

사실 자문 자격이라는 건 아주 애매한 영역이다.

그리고 그 자격이 되는지 제대로 판단할 수 있는 건 본인일 수밖에 없다.

노형진이 지적한 대로 평생 안과에서 일하던 간호사가 정형외과의 업무를 수행할 수는 없으니까.

법적으로 그에 준하는 자격을 가진 사람이 판단하도록 정해져 있다지만 '그에 준하는 이'라는 말 자체가 부정확하고 불확실한 표현이다.

당연히 그에 대한 기준은 없었다.

지금까지는 말이다.

"의사도 아니신 데다 원래 치과에서 일하시던 분인데 정형외과에 신경외과까지 자문하셨다던데요?"

그건 과연 불법일까, 아닐까?

그건 모를 일이다. 지금까지 그걸로 소송해 본 적이 없으니까.

그러나 이제는 그걸 판단한 시점이 되었다.

"저는 간호사 자격증이 있어요. 경력도 20년이나 있고."

"치과죠. 정형외과나 신경과는 아예 근무 이력도 없으시고요."

말을 못 하는 주홍련.

"같이 좀 가 주셔야겠습니다."

경찰은 그렇게 말하면서 천천히 시선을 돌렸다.

"이분뿐만 아니라 여기 계신 분들 모두 말입니다."

⚖️

"보험사들 난리 났던데요?"

고용근은 주변에서 들려오는 비명 소리를 아주 즐겁게 듣고 있었다.

그가 가장 먼저 보험사의 자문 팀을 사칭 혐의로 고발하자 의학협회에서 너도나도 그들을 동시에 고발하기 시작했기 때문이다.

사실 의학협회는 착한 조직은 아니다.

어떤 조직이나 마찬가지이기는 하다.

당장 한의사들이 엑스레이를 찍는 행위도 환자에게는 좋지만 자기들 영역이라는 이유로 반대하는 게 의사들이다.

그런 의사들에게 있어서 자문이라는 것은 생각보다 돈이 되는 행위다.

건당 50만 원에서 100만 원씩 받는데 자문하는 데에는 고작 수십 분이면 되니까.

한 달에 발생하는 보험사 소송의 숫자를 감안하면 매달 최소 수백에서 수천만 원을 벌 수도 있다.

물론 제대로 자문하려면 몇 시간씩 걸리고 다른 의사들도 모아서 의견을 나눠 봐야 하는 경우도 있다.

하지만 어차피 돈 받고 원하는 대로 써 주는 자문 서류인 만큼 딱히 그럴 이유가 없기에 하루에 수십 건씩 봐주는 것도 가능한 것이다.

"그리고 이번 일이 소문났으니까요."

내부자문 팀을 박살 내면 보험사는 외부에서 자문받을 수밖에 없으니 자문하는 의사들에게 막대한 돈이 들어온다.

"아마 그들은 하루에 수백만 원씩 들어올 거라고 생각할 겁니다."

"그래서 그걸 노리고 고발하신 건가요?"

"네. 그러면 당연히 의사들이 따라올 거라 생각했거든요."

내부자문 팀을 무력화함과 동시에 보험사에 금전적인 피해를 강요하고 의사들과 보험사의 사이를 틀어지게 만드는 것이 노형진의 계획이었다.

"법에서 정한 '그에 준하는 자격을 가진 자'라는 건 진짜 애매한 표현이니까요."

그리고 싸다는 이유 하나만으로 그간 내부자문 팀에 간호사를 기용하던 보험사 입장에서는 날벼락이나 다름없는 이야기고 말이다.

의사들마저 의료법 위반으로 내부자문 팀을 고발하기 시작하며 자신들에게 그에 준하는 자격이 있음을 증명해야 하는 처지가 된, 내부자문 팀에서 근무하던 자들.

그중에 자신의 실력을 증명할 수 있는 사람이 과연 얼마나 될까?

더군다나 사건의 수만큼이나 자문해야 하는 범위도 다양한데 그걸 다 자문해 주던 사람이 과연 그 모든 걸 알까?

"결국 그들은 엮일 수밖에 없습니다."

정형외과든 내과든 엮이는 순간 처벌받을 테고, 보험사에서는 그들을 해고 처리할 수밖에 없다.

이미 무력화된 시스템이고 동시에 월급만 축내는 짐이 되어 버렸으니까.

"환자를 버리고 돈을 따르기 시작한 이상 언젠가는 당해야 하는 일이기는 하지만요."

양심적으로 진단했다면 이런 일도 없었을 거다.

하지만 그들은 양심 대신에 몇 푼의 돈을 선택했다.

"그러니 이제 슬슬 그들을 이용해야지요."

그들이 잘린다고 순순히 그만둘까?

그럴 리가 없다.

보험사 입장에서는 당연히 그렇게 되길 바라겠지만, 노형진은 마냥 당하고만 있을 사람이 아니었다.

"이제 뒤통수를 후려쳐 보자고요."

☫

주홍련은 죽고 싶었다.

회사에서 갑자기 해고 통지를 받았다.

그리고 자신은 형사처벌 대상으로 경찰에게 수사받고 있으며, 그 와중에도 의사들로부터 계속 민사소송을 당하고 있다.

"내가 무슨 짓을 한 거야, 흑흑흑."

나이팅게일 선서를 했던 수십 년 전의 기억.

그걸 버리고 보험사에 붙어서 돈을 벌기를 선택했던 그때, 어쩌면 이 벌은 예정되어 있었던 것인지도 모른다.

단돈 월급 몇백만 원에 양심을 팔았고, 돈을 아끼기 위해 피해자에게 가짜 자문을 해 줬다.

그 업보가 지금에서야 돌아오고 있는 것이다.

"이거 아무래도 의료법 위반은 피할 수 없을 것 같습니다."

"네? 어째서요?"

변호사는 기록을 받아 넘기면서 혀를 끌끌 찼다.

"일단은 자문하실 자격이 문제인데요. 자문할 때 의사들도 전공을 따져 가면서 합니다. 그런데 그런 거 없이 그냥 막 하셨잖아요?"

"그건……."

"그거야 자문을 부탁한 놈들이 잘못이니까 넘어간다고 쳐도, 애초에 제대로 자문한 게 있어야 하는데 그런 게 하나도 없지 않습니까?"

"그게……."

"기록을 보면 맞는 자문이 단 하나도 없거든요."

당연하다.

보험사에서 요구한 건 말이 자문이지 사실상 소송할 수 있는 핑계를 만들어 달라는 것이었기에 사고로 장애인이 된 사람을 멀쩡한 사람으로 둔갑시키는 서류도 써 주곤 했으니까.

애초에 제대로 자문했다면 보험사에서 일을 할 수도 없었을 것이다.

"그리고 그걸 알고 있었고요."

이게 문제다.

아무리 살펴봐도 주홍련에게는 자문 자격을 인정받을 거리가 없었다.

그 누가 100% 틀리는 사람을 전문가라고 인정하겠는가?

자문을 위한 실력과 인성, 어느 쪽에서든 탈락 대상일 뿐.

"이런 상황에서도 계속 자문하셨고요. 이러면 의료법 위반이죠."

"저는 제가 의사라고 한 적 없어요!"

"그건 사칭이라고 별도로 들어가는 거고요, 지금 보면 계속 허위 진단만 하셨잖아요. 진단 권한도 제대로 인정받은 적이 없고. 실력이 있다면 모르겠지만 100% 틀린 진단이잖아요. 스스로도 아실 텐데요? 이러면 의료법 위반 맞습니다."

그 말에 주홍련의 손은 바들바들 떨렸다.

하지만 지옥은 아직 끝나지 않았다.

이것이 법이다

"그리고 여기서 지면 민사소송에서도 지실 겁니다."

"네? 민사소송에서도 진다고요?"

"네, 그럴 수밖에 없죠. 아무리 봐도 자격이 없이 자문 하신 건데, 그로 인해 진짜 의사가 소송당했잖아요."

물론 소송을 선택한 건 보험사다.

하지만 보험사가 소송할 수 있도록 자문을 해 준 게 바로 자신이다.

"이건 명백하게 고의적으로 허위 사실을 제공한 거거든요. 물론 1억씩 나오지는 않을 겁니다."

"그러면요?"

"글쎄요. 제가 보기에는 못해도 천만 원은 인정되지 싶은데요?"

"처, 천만 원요?"

"네."

그 말에 주홍련은 차라리 자살하고 싶어졌다.

자신이 써 준 가짜 자문 진단서가 수천 개는 되고, 그중 일부는 의사의 입을 막기 위한 소송의 근거로 사용되었다.

만일 그들이 다 소송해 온다면? 자신은 진짜 죽는 거다.

"아, 안 돼……."

절망적인 상황에 울음이 멈추지 않았다.

그녀를 보고 있던 변호사는 한숨을 푹 쉬더니 조용히 휴지를 건넸다.

"자, 진정하시고요. 방법이 없는 건 아니니까요."

"방법이 없는 건 아니라고요?"

그 말에 방금 전까지만 해도 울던 그녀가 고개를 번쩍 들었다.

"솔직히 말씀드릴게요. 제가 생각한 방법은 아니고, 새론에서 제공한 방법입니다."

"네? 하지만 새론은 저를 고소한 곳인데요?"

민사소송을 담당하고 있는 것도 새론. 그리고 형사고소를 한 것도 새론이다.

그런 새론이 이 상황을 해결할 방법을 제공했다는 말이, 그녀는 이해가 되지 않았다.

그러자 변호사가 쓴웃음을 지으며 설명했다.

"새론은 엿 먹일 대상을 특정하면 어떻게 해서든 그 방법을 찾아내거든요. 그리고 솔직히 이 상황은 그걸 위한 하나의 과정일 뿐이고요."

"과정이라니요?"

"최종적으로 그들이 노리는 건 보험사일 겁니다. 주홍련 씨가 아니라요."

그 말에 주홍련은 기가 막혔다.

보험사를 족치기 위해 자신을 고소한다는 계획이 도대체 무슨 의미가 있는지 이해되지 않았으니까.

하지만 다음 말을 들으면서 그녀는 새론이라는 곳이 왜 두려운 곳인지 뼈저리게 느낄 수밖에 없었다.

"새론에서 제공한 방법은 간단합니다. 부당 해고 소송을
거시는 거죠."

"부당 해고요?"

"네. 지금 BB손해보험에서 해직당하셨죠?"

"네."

"그에 대해 부당 해고로 소송하면서, 이 모든 진단서는 회
사의 업무로서 진행한 것이라고 말하는 겁니다."

"회사의 업무로요?"

"네. 그러면 이야기가 달라지거든요."

부당 해고 소송을 하라는 말은 단순히 나를 억울하게 잘랐
다는 의미로 소송하라는 뜻이 아니다.

부당 해고 소송은 본질적으로 노동자의 직위를 인정받는
소송이다.

그런데 만약 소송한 결과 그녀가 했던 모든 업무, 즉 자문
이 회사의 업무로 인정되고 그 과정에서 그녀가 회사의 지시
로 인해 그 업무를 했다고 증언한다면?

"그 책임은 주홍련 씨가 아닌 회사가 모두 지게 됩니다."

"모두 다요?"

"네. 회사의 업무니까요."

분명 회사에서는 자의적으로 한 자문에 대한 책임을 물어
그녀를 자른다고 했다.

하지만 업무로 인정된다면? 당연히 그걸 지시한 보험사의 책임이 맞다.

그토록 원하던, 이 지옥에서 빠져나갈 수 있는 유일한 방법.

그러나 주홍련의 마음에는 망설임이 남아 있었다.

"만일 거부한다면요?"

"솔직히 말씀드리자면 선택지가 없습니다. 거부하신다면 이 모든 걸 혼자서 책임지셔야 합니다."

수천만 원에서 수억의 배상금, 그리고 명백한 의료법 위반 등등.

만일 거부한다면 그녀 혼자서는 결코 감당할 수 없는 엄청난 파멸이 기다리고 있을 뿐이었다.

"그에 반해 회사의 업무로 인정된다면 손해는 없죠."

어차피 그녀를 자른 이상 보험사와는 어떠한 선도 남지 않았다.

보험사 입장에서 이제 그 용도가 폐기된 내부자문위원회 같은 건 필요 없으니까.

"만일 하시겠다면 노형진 변호사가 직접 맡아 준답니다."

"저를 고소하신 변호사 측인데요?"

"그게 불법은 아닙니다만……."

변호사는 거기까지 말하고는 한숨을 푹 쉬며 말했다.

"솔직히 말씀드리면 저는 이 제안을 받아들이는 걸 추천해 드립니다."

"네? 어째서요?"

"상대방은 보험사입니다. 어떤 변호사를 사시든 체급에 밀려서 재판에서 지실 겁니다. 아시잖아요, 그놈들이 왜 의사한테 소송을 걸었는지."

그 말에 주홍련은 아무런 말도 못 했다. 자신이 그 일을 도왔으니까.

"그런데 그 짓을 상대가 변호사라고 못 할 것 같습니까? 변호사들 대부분은 보험사의 눈치를 보면서 슬슬 대충 할 겁니다. 복직은커녕 책임 문제도 못 이길 가능성이 높아요."

"그러면 새론은요? 그 노형진이라는 분은요?"

"이야기가 다르죠. 애초에 보험사가 다 달라붙어도 새론은 못 이겨요. 그 뒤에 있는 게 누군데요."

다름 아닌 마이스터와 미다스가 있는 새론이다.

어설프게 돈지랄해 봤자 백 배쯤 더 큰 규모로 보복할 수 있는 집단.

"저도 돈 받고 일하는 변호사지만 불가능한 싸움을 이길 수 있다며 맡고 싶지는 않습니다."

변호사는 담담하게 말했다.

수임료가 아깝기는 하지만 그 수임료 몇 푼 벌자고 이길 수 없는 싸움을 하다가 피해자의 인생이 망가지는 꼴을 두고 볼 수는 없었다.

"새론으로 가세요. 방법은 그것뿐입니다."

⚖

새론에 가면 뭔가 달라질까 하는 기대는 솔직히 없었다.

없을 수밖에 없었다.

애초에 그녀를 고소한 게 새론이니까.

하지만 현장에 도착했을 때 주홍련은 생각을 바꿀 수밖에 없었다.

"언니도 여기로 온 거예요?"

"너희가 왜 여기에……?"

자신과 함께 잘린 직원들. 그들 중 상당수가 그곳에 모여 있었으니까.

"새론에 소송을 의뢰하려고 왔죠."

"소송?"

"언니도 그러려고 온 거 아니었어요?"

"그게 맞기는 한데……. 다들 같은 생각으로 여기에 온 거야?"

"그럴 수밖에요. 지금 보험사들 난리 났잖아요."

직장 후배의 말에 주홍련은 이해를 못 했다.

"무슨 일 있었어?"

"언니, 요즘 연락을 안 받으셔서 모르는구나."

사실 회사에 잘리고 소송당하면서 그녀는 심각한 우울증으로 고생했다.

그렇다 보니 평소 알고 지내던 사람들과도 아예 연락을 할 겨를이 없었다.

"무슨 일인데?"

"에이센트 생명보험에서 먼저 잘린 사람들 있잖아요."

"그래?"

"네, 우리보다 먼저 소송에 들어간 사람들 있어요. 그 사람들이 기자회견을 했거든요."

"기자회견이라니? 무슨 소리야?"

"언니, 진짜 아무것도 모르네."

직장 후배는 핸드폰을 꺼내서 얼마 전 있었던 기자회견을 보여 줬다.

과거에는 기자회견이라고 하면 기껏해야 신문에 몇 줄 나가는 걸로 끝이었는데, 요즘은 인터넷에 기자회견 영상이 통째로 올라오기 때문에 보는 게 어렵지 않았다.


—그러니까 보험사에서 당신들을 해직한 이유가 회사에서 더 이상 당신들이 필요 없기 때문이라는 건가요?

—맞아요. 우리가 하는 일은 가짜로 조작된 자문 진단서를 만드는 일이었어요.

—그 자문 진단서 제작 과정에서 자료는 제공되나요?

－네, 기초적인 자료는 제공돼요. 하지만 그렇다고 우리가 그걸 토대로 판단을 하지는 않아요.

－판단을 하지 않는다?

－네, 보험사가 저희에게 자료를 넘겨줄 때 요구 사항도 함께 전달하거든요. 설사 자료만 넘어온다 해도 최소한 상해율을 40% 이하로 떨어트리는 게 일종의 암묵적인 룰이고요.

－그러지 않으면요?

－해직당하죠. 저희는 노동자였어요. 법적으로는 내부자문 담당으로 고용되었지만 애초에 월급 받고 퇴직금까지 받는 사람은 결국 노동자잖아요? 당연히 그런 룰을 거부할 수는 없었죠.

－그렇다면 지금까지의 수많은 소송의 자문 모두 보험사의 요구에 따라 이루어졌다 이거군요.

－네. 보험사에서는 어떻게 해서든 보험금을 지급하지 않기 위해 무조건 서류를 조작하라고 요구했고, 저희에게는 다른 방법이 없었어요.


보험사 입장에서 날벼락이라는 게 있다면 이런 것일 것이다.

그들은 내부자문 위원들을 자른 후에 문제가 생길 거라고는 생각하지 못했다.

어차피 그 숫자가 많지 않고, 저항할 방법 따위 없을 거라 자신했으니까.

하지만 그들이 다른 사람도 아닌 노형진, 새론과 손잡을 거라는 생각은 전혀 하지 못했다는 것이 문제였다.

그리고 그 파급력은 보험사에 치명적인 타격이 갈 정도로 컸다.

―애초에 저희가 현실적으로 제대로 자문할 수 있는 시스템도 아니고요.

―무슨 말입니까, 그게?

―저희 내부자문 팀의 숫자는 스무 명 남짓이었어요. 그 스무 명에게 배당되는 자문의 숫자가 한 달에 몇 개인 줄 알아요? 2주 염좌 이상의 사건은 무조건 배당돼요. 애초에 진짜로 자문이라고 할 수도 없어요. 자료를 볼 시간도 없고요. 그냥 비슷한 자문 기록을 복사해서 몇 글자만 바꾸는 게 일반적이었으니까요.

―자료는 본 적도 없다?

―네, 심한 경우는 그랬어요.

그걸 보며 주홍련은 입을 쩍 벌렸다.

물론 그 사실은 그녀도 알고 있다. 그녀 또한 그래 왔으니까.

하지만 설마 다른 누군가가 이걸 공중파에서 터트릴 거라고는 생각도 못 했다.

－그러면 의사들을 소송하는 데 필요한 자문도 여러분이 작성한 겁니까?

－정확하게는 보험사에서 그런 자료를 요구한 거고, 저희는 작성할 수밖에 없었죠. 업무니까요.

'업무니까'.

이 말은 아주 중요한 요소였다.

만일 이 부당 해고 소송에서 승리한다면 보험사 입장에서는 자신들이 피해자들을 속이는 과정이 하나의 '업무'였음이 인정되어 버리는 거니까.

그렇게 되면 그간 당한 수많은 사람들이 가만있을까?

아니다. 분명히 받지 못한 돈을 받아 내기 위해 다시 소송할 테고 그 배상금은 수백억, 아니 수천억을 넘길 가능성이 아주 컸다.

수십 년간 그 짓거리를 해 왔으니까.

떨리는 눈으로 핸드폰 속 영상을 보는 그때, 주홍련의 귀에 후배의 목소리가 들렸다.

"그리고 증언을 하지 않으면 벌금을 내야 하는 반면, 증언하면 여비랑 숙박비 정도로 한 15만 원에서 20만 원 정도 나왔대요."

"뭐? 벌금도 내야 한다고?"

"네. 그런데 증언하면 여비랑 숙박비는 나온다니까 할 수밖에 없잖아요."

그 말에 주홍련은 머릿속이 복잡해졌다.

그간 해 왔던 수천수만 건의 자문.

그렇잖아도 민사소송까지 부담스러워 죽겠는데 거기다 벌금까지 내야 한다니?

"그래서 다들 여기로 온 거야?"

"다들 올 수밖에 없죠. 애초에 지켜 줄 곳은 새론뿐이니까."

이미 이슈화되고 사건이 터진 이상 분명 보험사는 이들을 협박할 거다. 그래야 입을 막을 수 있을 테니까.

문제는 그 경우 그 책임은 모조리 이들이 져야 한다는 것.

변호사의 말마따나 자문이라는 자격을 가지고 거짓 자문을 한 이상 그 책임을 벗어날 수가 없다.

자신이 생각한 것과 다른 거라면 문제 될 게 없다.

원래 자문이라는 게 자기 생각을 말하는 과정이기 때문이다.

하지만 노형진 때문에 실력도 드러난 마당에 거짓으로 자문했다는 증언은 넘쳐 나는 상황.

그 상황에서 더 이상의 거짓말은 결국 자신을 좀먹을 뿐이었다.

"그래도 우리가 만일 증언을 하지 않으면?"

주홍련은 그래도 혹시나 하고 물었다.

그 말에 대한 대답은 뒤에서 들려왔다.

"아마도 피해자분들이 여러분들에게 소송하겠지요."

고개를 돌려 보니 어느샌가 노형진 변호사와 몇몇 사람들이 다가와 있었다.

"아시겠지만 이미 여러분들이 거짓으로 자문했다는 증언과 증거는 넘쳐 납니다. 자격의 문제도 현실적으로 인정받기 힘들고요. 그러면 그 배상 책임은 여러분들이 져야 합니다."

그 말에 흔들리는 자문위 사람들.

"하지만 여러분들이 부당 해고 소송에서 승리한다면 이야기는 달라지죠. 여러분들은 그저 회사에서 시키는 대로 일한 게 되니까요."

"그러면 어떻게 되는 건가요?"

자문위 사람들의 긴장 어린 얼굴을 본 노형진은 입을 열었다.

"잠시 생각해 보죠. 왜 사고가 난 피해자들이 사고를 낸 당사자가 아니라 보험사에 돈을 달라고 할까요?"

"네?"

그 말을 다들 처음에는 이해하지 못하고 멍하니 바라보았다.

지금까지 그런 건 생각해 본 적이 없으니까.

"이유는 간단합니다. 그게 돈 받을 가능성이 더 높거든요."

수천만 원에서 수억에 달하는 돈. 그 돈을 개인이 부담하는 건 사실상 불가능하다.

법원에서 3억씩 판결이 나와도 그 돈을 가해자 또는 사고를 낸 당사자에게 받아 내는 건 거의 불가능에 가깝다.

대부분 재산을 빼돌릴 생각을 하기 때문이다.

그에 반해 보험사들은 다르다. 체급이 있기에 그 돈을 받아 내기가 아주 쉽다.

물론 그쪽도 주고 싶어 하지 않는 건 똑같다.

그렇기에 재판이나 합의라는 과정을 통해 보험사와 적당히 합의하는 편이 돈을 받아 내는 게 훨씬 쉽다.

"그래서 사람들이 가해자가 아닌 보험사에 소송을 거는 겁니다."

"그, 그런데요?"

"이번 사건은 어떨까요? 그분들이 여러분에게 소송을 걸어 봐야 얼마나 받을 수 있을까요?"

한두 명이 아니니 전 재산을 나눈다고 해도 수백만 원. 어쩌면 수십만 원 정도로 받는 돈은 줄어들 거다.

그에 비해 보험사를 대상으로 할 경우 수천만 원에서 수억을 받을 수 있다.

"물론 그분들도 승리를 위해선 카드가 필요합니다. 바로 '여러분'이라는 카드가요."

한때 직원이었던 내부자의 증언.

과연 법원이 그걸 무시할 수 있을까?

심지어 직접 자문한 사람들의 증언을?

"아."

자신들에게는 일종의 면죄부가 나오는 거다.

그러면 자신들은 그 책임을 질 이유가 없다. 회사에서 시키는 대로 한 게 되니까.

"아, 알겠어요! 하겠어요!"

"저도 하겠어요!"

주홍련을 비롯한 모두가 고개를 끄덕거렸다.

어차피 해고된 상황이다.

복직? 애초에 기대도 안 한다.

복직해 봐야 결국 다시 잘릴 거라는 걸 알기 때문이다.

하지만 그렇게 함으로써 최소한 자신들의 안전과 막대한 배상금의 책임에서 벗어날 기회가 올 테니 그걸 잡는 게 정상이다.

그 모습을 보고 노형진은 미소를 지었다.

"자, 다들 그럼 수임 계약서를 작성하시죠, 후후후."

피 냄새를 풍기는 먹잇감

　보험사에 날벼락이 떨어지는 그 시각에 새론의 다른 사람들이 놀고 있었던 건 아니었다.

　정확하게는 이번 사건은 새론이 혼자 할 수 있는 규모가 아니었다.

　새론뿐만 아니라 제휴 로펌인 하늘을 불러들여도 감당할 수 없을 정도로 소송이 많았다.

　그래서 노형진은 사람들을 설득해서 하늘뿐만 아니라 다른 로펌의 사람들도 불러 모았다.

　"흠, 이 자료대로라면 보험사가 이길 수 있을 리가 없는데."

　"그렇지?"

　"이거 보험사들 망하는 거 아냐?"

대한민국에 내로라하는 로펌의 대표들은 모두 새론의 대회의실에 모여서 서류를 검토하고 있었다.

"보시다시피 이 소송의 숫자는 절대 한두 곳에서 해결할 수 있는 규모가 아닙니다. 못해도 10만 건 이상이라 우리가 다 감당할 수는 없습니다."

김성식이 모여 있는 다른 로펌의 변호사들에게 말하자 다들 고개를 끄덕거렸다.

"하긴, 아무리 새론이 시스템화되어 있다고 해도 이건 못 하겠지."

"그러니까."

물론 보험사에서 하는 것처럼 기계적으로 소송을 걸고 아무나 재판에 출석만 하는 거라면 하루에 백 개, 이백 개라도 할 수 있다.

하지만 이건 그런 소송이 아니다.

물론 어느 정도 시스템화될 수밖에 없는 그런 소송이기는 하다.

더군다나 승리하기 위한 증언이나 증거 역시 충분히 있으니까 좀 더 쉽게 이길 수 있기는 할 거다.

그럼에도 불구하고 소송마다 개개인의 조건이 다 다른 데다가 받아야 하는 금액이 작게는 수천만 원에서 크게는 수억에 달하는 상황이라, 변호사가 신경을 쓰지 않을 수가 없었다.

그리고 그렇게 신경을 쓰기 시작하면 변호사 혼자서 감당할 수 있는 사건의 숫자는 아무리 노력해도 스무 개 남짓이 한계다.

그마저도 변호사 아래에 충분한 숫자의 보조하는 직원이 있는 새론 정도나 가능한 수준이지, 다른 곳은 그 절반도 되지 못한다.

"전국에 있는 모든 변호사가 다 달라붙어도 감당이 되지 않을 수도 있겠군."

"청구 기간이라는 게 있으니까요."

최소한 청구 기간 이전에 소송을 걸어서 소멸을 막아야 한다. 그런데 그게 최소 10만 건이었다.

"게다가 그것뿐만이 아닙니다."

"여기에 더 있다고요?"

"네. 지난 수년간 합의에 이른 사건들도 있지 않습니까? 이건 법적으로 봤을 때 상대방을 속여서 합의한 겁니다. 그리고 소송이라는 방식으로 공갈한 것이기도 하고요."

"으음."

"그 경우, 청구권이 소멸되지 않는다는 것이 그간의 법원의 판단이지요."

민사소송을 하는 데 있어서 한쪽이 다른 한쪽을 속이거나 거짓말을 하는 건 합의가 부정될 수 있는 주요한 원인 중 하나다.

더군다나 법적으로 볼 경우 근원 없이 소송하겠다고 하거나 소송하는 행위가 공갈 또는 협박이라는 법원의 판단도 실재한다.

"아, 그런 게 있지."

소송에서 그들이 주장한 권원이 내부자문위원회에서 제출한 자문 서류였는데 그게 사실 조작된 것이었다?

그러면 그 소송은 공갈이나 협박이 성립될 가능성이 크니 이미 합의에 이른 사건이라고 할지라도 합의가 부정되고 다시 소송이 이뤄질 가능성이 크다.

"그리고 채권의 소멸시효는 10년이죠."

물론 보험의 경우는 3년이기는 하다.

하지만 딱 3년이 되었다고 해서 다 사라지는 건 아니다.

상대방이 자신을 속여서 이득을 챙긴 게 확실해진다면 그 사실을 안 시점부터 따져야 한다는 게 일반적인 민사 영역에서의 판단이니까.

가령 누군가 자신을 속인 걸 알고도 신고하지 않았다면 그건 스스로 권리를 포기한 것이다.

하지만 속은 사실을 나중에야 알았다면, 그건 속인 놈이 잘못한 거지 속은 사람이 잘못한 건 아니다.

"그러면, 어이쿠! 수십만 건은 되겠는데?"

전국에 보험사가 한둘이 아니고 그들 중 상당수는 그런 식으로 장난을 쳐 왔다.

제대로 보험금을 지급한 회사는 거의 없고, 대부분 소송을 통해 피해자를 압박해 왔다.

그나마 최근에야 소송하는 데 제한이 생겼다지만 그건 소송을 걸지 말라는 거지 보험금을 주라는 뜻이 아니기 때문에, 보험사들은 모두들 보험금을 안 주면서 차일피일 미뤄왔다.

"전국의 모든 변호사들이 다 달라붙어야 할 겁니다."

김성식의 말에 다들 고개를 끄덕거렸다.

이건 모든 변호사들이 총력전으로 달라붙어야 하는 사건이 맞다.

무려 건수만 수십만 건인데 그걸 소수의 사람들이 할 수는 없으니까.

더군다나 이건 전국적인 사건이다.

"그래서 이번만큼은 모든 변호사들이 함께 손잡고 헤쳐 나가야 할 것 같습니다."

"그런 거라면 뭐 당연히 해야지."

"서로 돕고 살아야지."

각 로펌의 대표들이 말은 그렇게 했지만 사실 딱히 손해보는 것도 아니었다.

왜냐하면 민사소송은 법적으로 승소한 후에 승소 비용을 받는 게 합법이기 때문이다.

승소 비용이 불법이 된 건 형사사건뿐이다.

게다가 승소 비용은 사건마다 다른데, 사건이 수천만 원선이라면 20% 정도, 수억 단위라면 10% 선이다.

가령 3천만 원짜리 소송이라면 대략 600만 원 정도 승소 비용을 챙길 수 있고 3억짜리 사건이라고 하면 3천만 원 정도의 승소 비용을 챙길 수 있다.

수십만 건에 달하는, 어지간해서는 이길 수밖에 없는 소송.

과연 그걸 거절할 로펌이 있을까?

"각 지역 변호사협회에 연락해서 이번 일에 참여할 사람들을 같이 찾아보죠."

"그러지."

개인 변호사들을 동원해도 이 사건은 숫자가 부족한 상황일 테니까.

"아, 그런데 김 대표. 태양도 부를 거야?"

"네? 태양요? 그러고 보니 태양에서는 안 오셨네요. 연락하기는 했습니다만."

법무 법인 태양은 한때 잘나갔지만 노형진과 싸운 후에 몰락의 길을 걷고 있다.

그래도 인원이 부족하기에 불렀는데 사이가 안 좋아서 그런지 참가하지 않았다.

"이거 이거, 김 대표, 소식이 느려."

"네?"

"태양은 저쪽에 붙었어."

"저쪽?"

"보험사 말이야, 보험사."

그 말에 김성식의 눈이 번뜩거렸다.

"그 말이 사실입니까?"

"태양은 솔직히 요즘 힘 빠졌잖아. 이번에 소송을 다 빨아먹어서 힘 좀 키우려고 하는 모양이야."

"이거 곤란하군요."

태양이 무서워서?

아니다.

그렇잖아도 인력이 부족한 변호사들이다.

현실적으로 본다면 민사소송에서 고소인이든 피고소인이든 변호사는 필요하다.

그리고 이번 사건으로 누군가는 보험사에, 다른 누군가는 새론에 붙을 거다.

사실상 변호사들이 둘로 갈라져서 서로에게 총질하는 그런 구도가 나올 상황.

"어쩌겠어. 부족하면 부족한 대로 해야지."

그렇게 말하면서도 새론에 붙기로 한 변호사들은 속으로 미소를 지었다.

먹을 놈이 적을수록 자신들이 더 먹는 거야 당연한 일.

"그래서 사건 배당은 어떻게 할 건데?"

그렇게 본격적인 이야기가 시작되었다.

"태양이요?"

"딱히 놀랍지 않은 모양이군."

"손하균 씨 성격이야 제가 잘 알지 않습니까? 죽었으면 죽었지, 제게 숙이고 들어오지는 않을 겁니다."

"뭐, 그렇기는 하지."

김성식도 노형진의 말에 고개를 끄덕거렸다.

그가 아는 손하균이라면 확실히 그러고도 남을 사람이니까.

"그리고 나쁜 판단을 한 것도 아니고."

대부분의 변호사들이 새론에 붙을 가능성이 크다.

왜냐하면 새론은 이미 내부에서 일했던 직원들의 증언을 확보한 상황이니까.

심지어 아예 증거가 될 만한 내부 비밀 문건도 챙겼다.

법적으로는 일정 기간을 두고 직원을 해고해야 하기 때문이다.

그렇다 보니 바로 잘린 일부를 제외하고 해고 통지를 받은 사람들은 내부 비밀 문건을 모두 가지고 왔기에 소송에서 유리한 건 새론이었다.

즉, 새론 측은 참가하는 변호사나 로펌의 숫자가 많아서 전체 수임료 자체는 줄어들겠지만 대신에 각 변호사들과 로펌은 승소 비용을 노릴 수 있다.

이것이 법이다

하지만 그렇다고 해서 태양의 선택이 현실적으로 나쁜 것도 아니었다.

태양은 현실적으로 승소 비용은 노리기 힘들지만 보험사들을 방어하는 소송과 그 후에 보험사로 몰려올 엄청난 숫자의 소송 대부분을 독식함으로써 막대한 수임료를 받아 챙길 수 있기 때문이다.

민사소송인 이상 보험사들도 제대로 변호사를 선임해야 하고, 나중에 이 사태가 끝난 후에 자신과 개싸움한 변호사들이나 로펌과 일하고 싶지는 않을 테니까.

물론 그 과정에서 보험사는 쥐어짜이겠지만.

"그나저나 이번 소송의 핵심이 뭔지는 알지?"

"네, 압니다. 아마도 보험사는 자문 위원들이 자발적으로, 그리고 양심적으로 자문한 거라고 주장하겠지요."

보험사는 내부자문 팀에게 자신들이 가이드라인을 제공하거나 고의적으로 축소하라고 요구한 것을 결코 인정할 수 없다.

그러면 이 모든 책임을 자기들이 져야 하니까.

이 상황에서 보험사가 살아남을 수 있는 방법은 두 가지뿐이다.

바로 그들이 외주자이거나, 또는 내부 직원으로서 양심적으로 자문한 것이라고 주장하는 것.

물론 말도 안 되는 소리지만 그것 말고는 이들이 주장할 게 없다.

그리고 현 상황에서 보험사는 후자를 주장할 수밖에 없다.

내부 직원이 아닌 외주자라는 이야기는 할 수가 없을 정도로 증거가 많다.

월급도 줬고, 실제로 내부자문 팀이 보험사 내부에 존재했으며, 그들을 고용한 것은 딱히 비밀도 아닌 데다가 그들은 정식으로 월급을 받고 4대보험까지 내고 있었으니, 이제 와서 갑자기 내부 직원이 아니었다고 해 봐야 먹힐 리가 없다.

그렇다면 방법은 단 하나.

그들에게 어떠한 외압도 없었다고 말하는 것뿐이다.

"태양이라……. 손하균이 직접 나서겠군."

"그럴 겁니다. 지금 태양은 급격하게 몰락하고 있으니까요."

어떻게 보면 이건 살아남을 수 있는 기회다.

보험사들을 살려 주고 그들의 소송을 쓸어 온다면 매년 수백억의 수임료를 받아 챙길 수 있을 테니까.

"재미있네요."

지금까지 노형진은 손하균과 싸워 본 적이 없다.

그가 뛰어난 변호사이기는 하지만 동시에 로펌을 이끌어 가는 사람이었기 때문이다.

그래서 그는 직접 일하기보다는 내부에서 주로 일했다.

하지만 이번에는 사건의 무게의 특성상 그가 직업 참여할 수밖에 없을 테고, 노형진은 그와의 싸움을 기대하고 있었다.

"과연 뭐라고 할지 진짜 궁금합니다."

한때 거인이라고 불렸던 변호사.

그가 과연 자신과 어떻게 싸울지 노형진은 참으로 궁금했다.

⚖️

대한민국이 생기고 수많은 소송이 있었지만 이번 사건만큼 모두의 관심을 끄는 사건은 없었다.

"법률계뿐만 아니라 기자들까지 달라붙고 난리도 아니네."

김성식은 차창 밖으로 스쳐 지나가는 풍경을 눈에 담으며 말했다.

"그럴 겁니다. 그들도 바보는 아니니까요. 이번에 패배한다면 보험사들의 상당수가 넘어갈 가능성이 높습니다."

"그러겠지. 실제로 그럴 가능성이 높지."

왜냐하면 이들이 지금까지 지급하지 않은 보험은 다른 보험사들과 일종의 대리 보험을 들어 놓지 않았기 때문이다.

가령 선박 사고 같은 건 워낙 금액이 크다 보니 다른 보험사들에 별도의 보험을 따로 들어 둔다.

유조선 전복 사고 같은 게 터지면 배상금이 1억 달러에 달하기 때문이다.

하지만 대부분의 교통사고 또는 질병으로 인한 치료비는 각 보험사들에 있어 그리 큰돈이 아니었기에 그에 대비해 다른 보험사에 이중으로 보험을 들지 않았고, 소송으로 압박을 가해서 터무니없는 금액을 지급하거나 하는 건 단순히 돈이 아까웠기 때문이지 그 돈이 없어서가 아니었다.

하지만 그것도 어느 정도지 수십만 건의 소송이 한꺼번에 들이닥치면 어떻게 될까?

아무리 보험사가 돈을 넉넉하게 가지고 있다고 해도 파산을 면하지 못할 거다.

그걸 알기에 정계, 재계 그리고 법률계까지 모두가 관심을 가지고 있었다.

그럴 수밖에 없을 것이다.

정치계는 자신들에게 뇌물을 주던 주요 업체인 보험사들이 날아갈까 봐 전전긍긍하고, 재계는 금융업을 하는 경우 대부분 보험사도 운영하다 보니 그룹이 흔들릴 수도 있는 처지에 놓인 곳이 많아 다급해하고 있었으며, 법률계는 이번 소송으로 법 전반의 문화가 바뀔 걸 알기에 관심을 가지지 않을 수가 없었으니까.

"물론 우리가 이길 거라 믿어 의심치 않네만."

"설사 진다고 해도 딱히 문제가 될 건 없죠."

보험금 소송에서 자문 위원들이 내부 직원으로서 일한 게 중요한 요소이기는 하지만 필수적인 요소인 것은 아니다.

그저 다음 재판에서 쉽게 이기기 위한 카드를 하나 더 확보하는 수준일 뿐이다.

"들어가시죠."

그사이 도착한 차량에서 새론의 변호사들이 내렸고, 그들은 천천히 위로 올라갔다.

그러자 예상대로 법무 법인 태양의 사람들을 만날 수 있었다.

"반갑지 않은 놈이로군."

"오랜만입니다, 손 변호사님."

그 말에 손하균은 눈을 찡그렸다.

그도 손채림과 노형진의 관계를 안다. 그렇기에 노형진이 자신을 손 변호사라고 부르는 게 선을 긋겠다는 의사 표현임을 알 수 있었다.

"그래, 어차피 나한테 밟힐 거, 선이라도 긋는 게 좋지."

"손 변호사님, 못 뵌 사이에 많이 바뀌셨네요."

"뭐?"

"전에는 정신 승리 같은 건 안 하시더니 이제 연세가 있어서 약해지셨나 봅니다."

"뭐라고?"

"어린놈의 새끼가!"

손하균 옆에 있던 다른 변호사가 먼저 나서서 버럭 화를 냈다. 그러자 노형진은 피식 웃었다.

"이제 말도 옆 사람이 대신 해 주셔야 하나 보네요? 제가 휠체어 하나 보내 드릴까요? 요즘 전동 휠체어가 끝내주게 나온다는데."

"너, 너······!"

"그만. 지금 흥분하는 건 저놈한테 놀아나는 거야. 들어가지."

"네, 대표님."

결국 노형진을 노려보며 천천히 재판정으로 들어가는 그들.

"역시나 격장지계에는 안 넘어오네요."

"손하균이 어디 그럴 인간인가? 애초에 소시오패스나 사이코패스라는 소문이 있던데."

'뭐, 그럴 가능성이 높기는 하지.'

피도 눈물도 없는 사람이다. 가족마저도 그렇게 대하는 인간이니 어찌 보면 당연한 일.

"우리는 우리 일만 하면 됩니다."

"그래. 승리 말이지."

노형진은 고개를 끄덕거렸다.

⚖

첫 재판이다.

BB손해보험의 내부자문 팀에 대한 소송은 전국의 관심을 받으면서 시작되었다.

"친애하는 재판장님, 자문이라는 게 뭡니까? 전문가 집단에 어떤 사항에 대해 조언을 받는 행위입니다. 보험사에서는 내부에 전문가로 이루어진 내부자문 팀이 있다는 걸 부정하지 않습니다. 그리고 그들에게 자문받았다는 것도 부정하지 않습니다."

손하균은 노형진의 예상대로 방어하기 시작했다.

"이번 사건에서 고소인 측은 부당한 해고라고 주장하고 있지만 이건 어디까지나 고소인 측이 저희 피고소인 측을 속여서 취업했기 때문입니다. 저희 의뢰인이 요구한 것은 자문할 자격이 있는 사람이었습니다만, 피고소인 측은 자문할 자격이나 실력이 되지 않았음에도 불구하고 저희 쪽에 자문이 가능한 것처럼 속여서 접근하였고, 그 결과 피고소인은 고소인 측의 자문을 믿고 소송을 진행하여 막대한 손해를 보게 되었습니다. 이에 저희는 고소인의 부정직성과 기만을 이유로 어쩔 수 없이 해직을 통보한 것입니다."

자문 위원들이 양심이 없어서 처음부터 회사를 속이고 입사했고 그에 보험사도 속았다고 말하는 손하균을 보고 있자니 노형진은 피식하고 웃음이 나왔다.

기존에 생각한 것과 한 치도 다르지 않은 모습이었던 것이다.

"이상입니다."

모든 죄는 자문 위원들이 저지른 것이며 보험사는 그저 피해자일 뿐이라는 설명에 자문 위원들은 눈에서 피눈물을 흘렸다.

얼마 전까지만 해도 자기네 직장이라 생각했다.

하지만 보험사는 자신들을 이용해 먹다가 상황이 불리해지자 버렸다.

단순히 버리는 걸 넘어서 아예 망하게 하려고 작정한 상황.

그간 충성을 바친 걸 생각하면 그들로서는 당연히 억울한 일이었다.

'하지만 당연한 거지.'

그게 자본주의다.

특히 한국은 다른 나라들보다 천민자본주의가 훨씬 심하다. 돈만 되면 뭐든 해도 된다.

ㅡ돈은 법보다 우선된다.

이게 한국 기업들의 생각이고, 실제로 그걸 위해서라면 해서는 안 되는 짓도 한다.

그런데 그런 행동에 브레이크를 걸기도 어렵다 보니 저들이 이런 짓거리를 하는 게 이상하지 않은 거다.

그러나 이런 말도 안 되는 짓거리에 노형진은 당연히 그저 당해 줄 생각은 없었다.

"재판장님, 피고소인 측은 마치 자문했던 원고가 처음부터 피고를 속인 것처럼 주장하고 있습니다만, 애초에 대기업의 취업 시스템을 그렇게 만만하게 볼 수는 없습니다."

간호사는 상당히 힘든 직업이다.

게다가 중간에 그만두는 간호사가 엄청나게 많다.

얼마나 많냐면, 간호사 자격증을 가진 사람의 50%가 간호사로 일하지 않는다는 정부의 통계 자료가 있을 정도다.

일이 힘든 데다 태움이라는 갑질이 워낙 심해서 아예 근무자체를 거부하는 거다.

그렇다 보니 나이 먹은 간호사가 퇴직 이후에 갈 수 있는 곳은 한정되어 있고, 보험사가 그런 간호사들이 가는 가장 좋은 직장 중 하나가 된 것이다.

최소한 얼마 전까지만 해도 그랬다.

"재판장님, 피고 측은 마치 자신들이 피해자인 것처럼 주장하고 있습니다. 하지만 피고 측의 주장에는 논리적인 허점이 있습니다. 애초에 피고 측은 고용하는 갑으로서 을에 대한 선택권이 있습니다."

"하지만 원고 측이 처음부터 작정하고 피고 측을 속인 것은 사실입니다."

"재판장님, 피고 측은 원고 측이 피고 측을 속였다고 주장하고 있습니다. 하지만 어느 부분에서 속였는지 확실하게 이야기하지 않고 있습니다."

"원고 측은 분명 자문 자격이 있는 사람을 구한다는 사실을 듣고 그러한 자격으로 지원했습니다."

"그렇습니다. 자문 자격이 있는 사람이라는 조건이 있지요. 그런데 그걸 속인 게 맞을까요?"

노형진은 단호하게 선을 그었다.

"재판장님, 증거 나-1을 보시면 원고 측이 그 당시에 제출한 이력서가 포함되어 있습니다. 그 이력서에는 동한종합병원 안과에서 20년 이상 근무했다고 분명 적혀 있습니다."

이런 건 속일 수도 없는 일이다.

전화 한 통이면 바로 알아볼 수 있는 데다가 보험사라는 특성상 전국에 있는 모든 병원, 특히 종합병원급 대형 병원의 연락처는 다 가지고 있으니까.

"하지만 분명 원고는 그 이후에 업무에 투입됨에 있어서 자신의 실력을 증명하지 못했습니다."

"정확하게 말하면 원고는 피고의 강압에 의한 피해자입니다. 이 이력서대로라면 원고는 피고에게 자신의 경력과 기존 근무지를 제공하였으니, 정상적인 상황이었다면 피고는 그를 자문이 가능한 적당한 전공으로 배정했을 것입니다."

가령 이번 사건의 당사자의 경우는 안과 출신이다. 그렇다면 애초에 안과 자문위로 배정했어야 한다.

아무리 간호사가 직접 판단은 못 한다고 해도 그간 그들이 일하면서 배운 영역에 대해 전혀 지식이 없을까?

그럴 리가 없다.

간호사와 간호조무사는 완전히 다르다.

간호조무사는 간단한 업무만 수행하지만, 간호사는 의학

적 지식이 필요한 행위도 수행할 수 있다.

또한 간호조무사는 학원을 통해 자격증을 딸 수 있지만, 간호사는 대학을 나와야 한다.

그 말은 경험이 부족해서 이 사람의 상태에 대해 진단하는 것은 불가능할지언정 어떤 상황에 어떤 치료가 과잉 진료인지 정도는 알 거라는 거다.

왜냐하면 평생을 비슷한 증상을 보아 왔고 그러한 증상을 치료하는 걸 옆에서 도왔기 때문에, 이 증상이 어떤 질환이고 어떤 해결책이 있다는 것 정도는 말할 수 있으니까.

'보험사가 멍청한 짓을 한 거지.'

물론 대부분의 의사는 그런 과잉 진료를 하지 않는다.

하지만 일부 그런 의사들이 존재하니, 그런 사례를 걸러내는 정도였다면 내부자문 팀이라는 곳도 나쁘지는 않았을 거다.

하지만 보험사는 그 대신에 가짜 자문서를 쓰게 만들었다.

"피고 측은 원고 측이 부당하게 속였으니 해고가 정당하다고 주장하고 있지만, 이는 속인 게 아니라 원고 측의 배치가 잘못되었기에 일어난 문제입니다. 상식적으로 디자이너로 입사한 직원을 프로그래밍 부서에 배치하고, 반대로 프로그래머로 들어온 직원을 디자인 부서에 배치한다면 기업이 정상적으로 돌아가는 것은 불가능합니다."

이번이 딱 그런 상황이었다.

그러나 손하균은 그렇게 쉽게 포기할 사람이 아니었다.

"만일 자신의 근무처가 부당하다고 판단된다면 자문하는 사람으로서 그들은 자신의 전공이 아님을 고지하고 다른 부서로 발령해 줄 것을 요청했어야 합니다."

"그게 가능하겠습니까? 애초에 그들이 속한 부서는 자문 팀입니다."

다른 부서?

애석하게도 보험사에 존재하는 자문 부서는 하나뿐이다.

취업 자체를 자문 부서로 들어온 상황에서 어디로 간단 말인가?

이미 외주화되어 버린 상담 센터?

아니면 파리 목숨이고 오로지 비정규직뿐인 보험 판매 센터?

아니면 교통사고 현장에 긴급 출동하는 출동 팀?

"애초에 보험사에서는 자문해 줄 사람을 고용한 것이고, 다른 자문 팀은 없습니다. 즉, 부서가 잘못된 게 아니라 그 안에서 벌어진 업무가 부당하다는 뜻입니다."

그 말에 손하균은 더더욱 강력하게 공격했다.

"그렇다면 더더욱 자신의 전공과 무관하다는 걸 인정하고 다른 사람에게 자문을 얻을 수 있도록 했어야지요."

사실 이 모든 소송의 목적은 복직이 아니라 과연 이런 거짓 자문 서류의 작성을 누가 시켰느냐다.

태양은 이게 제멋대로 한 것이라고 주장하는 것이고 말이다.

'여기서 위에서 시켰다고 하는 건 하수지.'

위에서 시켰다는 말은 감성적인 주장일 뿐 현실적으로 이쪽에 도움이 되는 주장이 아니다.

물론 그 주장은 사실이다. 실제로 그렇게 굴러갔으니까.

문제는 실제로 이게 부당한 명령임에도 내부자문위가 실행했다는 거다.

이제 와서 '사실은 위에서 시켰습니다.'라고 이야기해 봐야 저쪽에 씨알도 먹힐 리가 없다.

전쟁에서 전범들은 하나같이 '위에서 시켜서 어쩔 수 없다.'라고 주장해 왔다.

하지만 정상참작은 되었을지언정 그들이 처벌받지 않는 경우는 없었다.

왜냐하면, 실행한 건 본인이니까.

'내가 그렇게 방어하기를 기다리는 모양이네.'

안 봐도 뻔하다.

노형진이 '위에서 시켜서 어쩔 수 없었습니다.'라는 식으로 방어한다면 결국 내부자문위는 자신의 선택에 의해 그런 행동을 했다는 걸 부정할 수 없게 되기 때문이다.

'변호사들이 가장 많이 하는 실수지.'

물론 그게 틀린 말은 아니다.

하지만 아 다르고 어 다른 게 바로 재판이다.

"저희 원고 측은 회사의 가이드라인에 따라 행동한 것입니다."

그 말에 손하균은 움찔했다.

당연히 '위에서 시켰다.'라는 변명이 나올 거라 생각했는데 다른 게 튀어나왔으니까.

"가이드라인?"

"그렇습니다. 원고는 피고 측에 요구한 가이드라인을 충실히 지켜야 했고, 그게 회사의 입사 조건이었습니다. 또한 회사원으로서 그 가이드라인에 따라 서류를 작성했습니다."

미묘한 말이다.

가이드라인이나 서류 같은 말들 말이다.

분명 위에서 시켜서 작성한 것은 맞지만 동시에 말 그대로 업무의 영역일 뿐이라는 느낌이 강하다.

'이건 생각 못 했나 보네?'

손하균이 어딘가 불편한 얼굴로 노려보자 노형진은 속으로 웃었다.

'하긴, 좀 다르다는 걸 모르겠지.'

지시에 따른 것과 가이드라인에 따라 행동한 것, 이 두 가지는 비슷한 듯 보여도 완전히 다르다.

예를 들어 전쟁터에서 포로를 고문하거나 강제 노역에 투입하는 것은 명백하게 제네바협약 위반 사항이다.

그렇기에 상부의 지시에 따라 그걸 실행한 사람은 전범으로 취급받는다.

왜냐, 위법 사항인데 그걸 하는 걸 선택했으니까.

하지만 위에서 이미 가이드라인을 결정했다면 이야기는 달라진다.

문서화되어 기록이 남기 때문에 그러한 위법행위가 누가 보기에도 명백한 업무의 영역에 포함되기 때문이다.

그래서 범죄를 저지르는 놈들이 절대로 서류를 남기지 않는 거고, 대기업이든 범죄 조직이든 구두 명령을 기본으로 움직이는 거다.

그래야 만약의 상황에 아랫놈이 자발적으로 선택했다고 주장하면서 죄를 뒤집어씌우고 벗어날 수 있으니까.

하지만 가이드라인이 있다면? 그건 전혀 다른 문제가 된다.

전쟁터에서 포로를 학살하라고 정부에서 공문이 내려왔다면 그에 따라 범죄를 저지른 사람의 죄는 상당히 가벼워지는 것이다.

"그 가이드라인이라는 게 있습니까?"

판사도 처음 들었다는 듯 되물었다.

가이드라인의 유무에 따라 재판의 향방이 달라지기 때문이다.

"정확하게는 상해 및 질병 판단에 대한 업무 지침입니다."

만일 보험사들이 이게 위법행위라고 인식하고 있었고, 이 정도로 대대적으로 소송당할 거라고 생각했다면 아마 서류를 만들지 않았을 것이다.

하지만 그들은 단 한 번도 이런 일이 생길 거라고 생각한 적이 없었기에 정해진 룰을 자문단에게 강요했다.

'권력을 쥔 자들의 흔한 착각이지.'

자신들의 권력이 영원할 거라는 착각.

그래서 무심결에 정식으로 문서를 제작해서 발송한 것이다.

홍안수가 친위 쿠데타를 저질렀다가 물러난 후에 정부가 뒤집어진 원인 중 하나가 바로 경찰과 검찰 그리고 국정원 등지에서 작성한 〈비상시 국가 안전 확보 계획〉이라는 문건이었다.

좋게 말해서 국가 안전 확보 계획이지, 쿠데타 이후에 어떤 식으로든 국민들이 들고일어나는 걸 막기 위해 계엄령을 선포하고 친위 쿠데타 세력인 군부대를 동원해서 전국을 봉쇄해 시위를 막고, 최악의 경우 민간인을 향해 발포 및 사살하는 계획까지 포함되었던 계획서였다.

상식적으로 국가 단체에서 그런 걸 만들어서는 안 되지만 쿠데타 세력은 자신들의 권력이 영원할 거라 생각했고, 그래서 그러한 계획을 만들어서 대한민국을 통째로 집어삼키려 한 것이다.

하지만 그들의 예상과 다르게 하급 장교들과 병사들이 반발해 들고일어나면서 결과적으로 홍안수 세력은 서울에 고립되어서 고사하고 말았다.

그 당시에 사단장 아래에서 일하던 소위와 중위 그리고 본부대의 병사들이 사단장의 명령을 정면으로 들이받고, 현장에서 사단장과 그 아래에서 쿠데타를 실행하려고 한 주요 장성들을 제압한 것은 분명 그들이 생각하지 못한 변수였다.

그리고 이번 사건 역시 마찬가지.

가이드라인이 있다면 업무의 영역은 극도로 한정적일 수밖에 없고, 그 안에서 선택할 수 있는 여지가 없다면 당사자의 책임은 극도로 제한적일 수밖에 없다.

"그런데 지금 제출한 증거서류에는 없는데요."

"해당 서류는 아직 제출 전입니다."

이미 손하균이 어떤 식으로 공격할지 알기에 노형진은 일단 한 방 먹일 생각으로 해당 서류를 제출하지 않은 상태였다.

"소장을 제출할 때는 해당 서류가 아직 저희 쪽에 들어오지 않았기 때문입니다."

"그 말은, 지금은 있다는 말로 들립니다만?"

"그렇습니다. 해당 서류는 이미 저희 쪽에서 확보한 상황입니다."

"이 사건에서 중요한 요소가 될 서류인 것 같으니까 다음 재판까지 제출하시기 바랍니다."

"알겠습니다, 재판장님."

노형진은 그렇게 말하면서 손하균을 돌아보았다. 손하균은 그런 노형진을 분노로 가득한 얼굴로 노려볼 뿐이었다.

"손하균이 열 받은 얼굴이던데?"

"사람들 앞에서 창피를 줬다고 생각하겠지요."

엄밀하게 말하면 이건 손하균의 잘못이 아니다.

애초에 모든 의뢰인은 거짓말을 한다.

그게 노형진의 지론이고, 보험사 같은 기업이라고 해서 예외가 되지는 않는다.

"보험사에서는 이런 서류를 제공하지 않을 테니까요. 아니, 이게 법적으로 문제가 된다는 것 자체를 이해 못 할걸요."

"일상이니까 말이지."

"그러니까요."

그들에게 있어서는 일상적인 일이니까.

배고프면 밥 먹고 목마르면 물 마시는 것처럼 너무나 당연한 일이기에 이게 법적으로 문제가 될 거라는 걸 몰랐을 테고, 그래서 손하균에게 말하지 않았을 거다.

"하지만 이 가이드라인이 있다면 이야기가 달라지지."

이 가이드라인은 한두 해 쌓인 게 아니다.

매년 주기적으로 갱신되고 또 지속적으로 교육이 이루어졌다.

왜냐하면 세상은 계속 변하고, 당연히 그에 맞춰서 가이드라인을 새롭게 설정하고 요구해야 했으니까.

"당연히 해당 서류를 메일로 주고받았고요."

"그런데 용케 서류를 확보했군. 보통은 사내 메일로 주고받지 않나?"

"그렇잖아도 아슬아슬했습니다."

소송이 벌어지고 자문 팀에 대한 토사구팽이 확정되자 눈치 빠른 몇몇 사람들이 혹시나 하는 마음에 사내 메일을 모조리 긁어서 확보해 두고 있었던 거다.

만일 메일에만 존재했다면 가이드라인의 존재를 증명하는 게 쉽지 않았겠지만 그들은 메일함을 통째로 복사해서 자기 메일로 보내거나 스크린샷 또는 사진 등으로 확보해 놨고, 그걸 모른 회사에서는 그게 새어 나갈 거라는 걸 생각 못 했다.

정확하게는 그게 얼마나 중요한 건지 생각도 못 했을 거다. 그들에게는 너무나 당연한 일상이니까.

"중요한 건 이들은 가이드라인에 따라 행동했을 뿐인데 그로 인한 해고는 부당하다는 거죠."

"상황이 재미있게 돌아가기는 하는데 말이지."

김성식은 걱정스럽게 말했다.

"손하균은 쉽게 포기할 사람이 아니야. 게다가 이번 사건에서 진다 한들 손하균이 몰락하지도 않을 거야."

어차피 소송은 계속될 테고, 보험사는 손하균을 비롯한 극소수의 변호사에게 일감을 몰아줘야 하는 상황이기에 그들은 막대한 돈을 벌 수밖에 없다.

그럼에도 손하균은 자존심이 강해 그렇게 쉽게 물러날 사람이 아니었다.

"그는 가족보다 자기 자존심이 더 중요한 사람이야."

"알고 있습니다. 이혼할 때도 자신의 지분을 지키기 위해 남은 재산을 전부 포기한 사람이니까요."

그에게 있어서 외부에 보이는 것은 무엇보다 중요한 일이다.

패배해서 가슴 아픈 게 아니라 자신이 더 이상 힘이 없는 퇴물로 보일까 봐 아파하는 게 손하균이다.

그렇기에 그는 의뢰인을 위해서가 아니라 자신이 패배했다는 수치를 피하기 위해 뇌물도 협박도 적극적으로 활용했다.

"하지만 이번 사건에서는 그게 불가능하죠."

이번 사건에서는 상대방이 새론이다.

뇌물이나 어설픈 협박으로 승리할 수 있는 대상이 아닌, 말 그대로 총력전.

더군다나 전 국민이 관심을 가지고 지켜보는 만큼 그는 어떻게 해서든 이기려고 할 거다.

"그러면 다음번에는 다른 카드를 들고나올 텐데 그게 뭔지 모르겠군."

가이드라인이 있다면 부당 해고가 확실해진다.

왜냐하면 저쪽에서 주장하는 해고의 원인은 거짓된 자문이니까.

하지만 가이드라인대로 자문한 거라면 이야기는 달라진다.

"글쎄요. 그건 가 봐야 알겠지요."

다만 그게 뭐든 노형진은 깨부술 자신이 있었다.

"멍청한 놈들! 이걸 왜 안 준 거야?"

"이게 문제가 될 거라고는 생각을 못 했답니다."

"생각을 못 해? 미친 새끼들! 수년 동안 편하게 돈을 빨아먹으니 생각이라는 걸 못하는군."

손하균은 욕이 절로 나왔다.

수십 년간 소송이라는 무기로 쉽게 압박하고 쉽게 이기면서 쉽게 돈을 빨아먹은 보험사가 소송이 얼마나 무서운지, 그리고 대상을 제대로 만나면 얼마나 위험하지 아직도 모른다는 것이 너무나도 기가 막혔다.

"게다가 상대가 다른 놈도 아닌 노형진이라는 걸 알면서도……!"

그랬다면 하나부터 열까지 모두 제공했어야 했다.

하지만 보험사는 부당 해고 관련 서류만 태양에 제공했다.

이 소송의 본질은 부당 해고 소송이 아닌데도 평범한 부당 해고 소송이라고 착각한 것이다.

"그쪽에서 제시한 서류를 보면 실질적으로 이 소송에서 이기기는 힘들어 보입니다."

"멍청한 놈들."

보험사는 일을 너무 잘했다.

그런데 그게 문제다. 일을 너무나 잘해서, 어떻게 벗어날 구석이 없었다.

모든 사건, 모든 질병, 모든 상해에 관해 하나하나 가이드라인을 정해 두고 그 기준에 따르게끔 해 놓았다.

물론 '무조건 인정하지 말 것'이라고 규정된 것은 아니지만 그 대신 예시를 들며 '해당 사항은 단순 2주 염좌로 판단하는 게 옳다.'라고 에둘러 적어 놓았다.

문제는 해당 사건에 사용된 사진의 경우 외부의 의사가 '두 달 이상의 입원을 요하는 일시적 추간판 탈출증'이라고 진단했다는 거다.

"이게 심각한 건가요?"

누군가 묻자 손하균은 무서운 눈빛으로 그녀를 노려보았다.

그리고 그 눈빛을 받은 젊은 변호사는 공포감에 얼어붙어 버렸다.

마치 호랑이가 자신을 노려보는 듯했기 때문이다.

그러자 옆에 있는 다른 변호사가 다급하게 목소리를 낮춰서 말했다.

"박 차관님 셋째 따님입니다."

그 말에 손하균은 눈을 찡그리고 다시 시선을 돌렸다.

그도 그럴 것이 그녀가 딱히 멍청한 건 아니었으나 여기에 있는 쟁쟁한 변호사들보다는 실력이 떨어졌기 때문이다.

성적이 높지 않아 아버지 백으로 들어온 로스쿨 출신 변호사니까.

이번 사건에도 변호사로서 사건을 해결한 기록을 남겨 줘야 해서 투입한 것뿐이다.

하지만 차관쯤 되는 사람의 딸을 법무 법인에 들이는 것이 아무리 미래에 도움이 된다고 해도 이렇게 덜떨어진 사람을 원한 건 아니었다.

"이 기록대로라면 가이드라인을 정해서 시키는 대로 한 건 더 이상 문제가 아니게 돼."

가까이 있던 젊은 선배 변호사가 눈치를 보며 그녀를 데리고 슬쩍 옆으로 빠져서 조용히 설명을 해 주었다.

"네?"

"하나하나 아주 세밀하게 교육했다고. 그것도 영상이나 진단 기록을 넣어 가면서."

"그게 중요한가요?"

"중요하지. 보험사가 자문의를 교육했다는 증거잖아."

"……?"

"생각을 해 봐. 이미 새론에서는 자문 위원들에게 자문할 실력이 없다는 걸 재판정에서 비교해 인정받았어. 그렇지?"

"네."

그래서 보험사에서는 내부자문위 사람들을 모조리 잘라

버렸다.

"그렇다면 이렇게 교육했다는 게 무슨 소리겠어?"

선배 변호사의 설명에도 어린 변호사는 전혀 이해하지 못하고 고개를 갸웃했다.

새로 변호사가 된 이 어린애에게는 아무래도 통찰력이 부족한 듯 보였다.

선배 변호사는 좀 더 쉽게 설명하기로 마음먹었다.

"자문이라는 게 뭐야? 자문이라는 건 결국 자신의 전문 지식을 토대로 정보를 제공하는 거잖아."

"그런데요?"

"그런데 그런 식으로 교육을 했다는 건, 보험사에서 내부 자문위의 전문 지식 부족을 알고 있었다는 거잖아. 설사 아니라고 해도 이쪽 기준에 맞춰서 자문하라고 요구한 거고."

"아하!"

즉, 이건 단순히 부당 해고에 관련된 가이드라인이 아니었다.

보험사가 교육을 해야 할 정도로 내부자문 팀의 실력 부족을 인식하고 있었거나, 아니면 정해진 규정에 맞춰서 자문하도록 강요했다는 의미다.

어느 쪽이든 보험사에는 극도로 불리한 사실이다.

"그리고 노형진 변호사는 이걸 노린 거고."

"노린 거라니요?"

"이건 반박하기가 쉽지 않은 자료야."

만일 자료를 처음부터 제공했다면 시간이 충분한 만큼 반박을 위한 자료를 만들 시간이 있었을 것이다.

하지만 그게 아니라 재판 중에 추가 증거로 제출한다면 그걸 반박하기 위한 시간은 상대적으로 부족해질 수밖에 없다.

더군다나 초반에 제출한 증거라면 다른 수많은 증거들과 함께 섞여서 언론을 타지 않았을 거다.

하지만 중간에 단독으로 추가 제출된 증거이다 보니 관심을 가지고 있는 언론에서 물어뜯기에 최적의 자료이기도 했다.

게다가 반박하기 쉬운 자료라면 모를까, 어느 쪽이든 불리하기만 한 자료.

"한 방 먹었군."

손하균도 인정할 수밖에 없었다.

이건 철저하게 계산된 공격이었고, 자신은 이걸 쉽게 이길 수 없다. 사실상 반박할 수 있는 건 하나뿐이었다.

"개별적으로 교육한 거라고 해야 하지 않을까요?"

"그래. 특수성을 이야기해야겠지."

전반적으로 교육이 이뤄진 것은 아니다.

모든 사건을 이렇게 처리하라고 요구한 것도 아니다.

그러나 특정 사건을 자문하려면 더욱 전문적인 지식이 필요했기에 보험사에서 그에 대한 예시로 의견을 제공한 거라고 주장하는 수밖에 없었다.

"문제는 그걸 노형진 그 새끼도 알고 있을 거라는 거야."

노형진은 마치 상대방의 머릿속에 있는 것처럼 예측하고 상대방을 그쪽으로 몰아간다.

자신도 그러는 편이지만 그걸 살짝 비틀어서 역으로 이쪽을 불리하게 할 줄은 몰랐다.

"실력은 인정해야겠어."

마음에 안 드는 놈이다.

자신의 평온한 가정을 깬 놈이기에 손하균은 노형진을 용서할 수 없었다.

그럼에도 불구하고 실력은 인정해야 했다.

"일단은 그쪽으로 몰고 가야지."

가이드라인이나 교육이 아니라 하나의 예시로서 의견을 제공한 것뿐이다. 그게 거의 유일한 해결책이었다.

"빌어먹을."

하지만 손하균은 느낄 수 있었다.

지금 그들은 노형진이 만든 함정 속으로 걸어 들어가고 있다는 걸.

그러나 거기에서 벗어날 방법이 없었기에 그저 손 놓고 들어갈 수밖에 없었다.

⚖️

"재판장님, 해당 자료를 확인해 봤습니다만 해당 자료는 가이드라인 같은 게 아니었습니다."

"그러면요?"

"해당 자료는 보험사에서 하나의 예시를 제공한 것뿐입니다."

다음 재판 기일에서 펼쳐진, 뻔하다면 뻔한 변론.

하지만 노형진이 판 함정은 뻔한 변론을 할 수밖에 없을 만큼 치밀했다.

더군다나 저쪽은 의사 출신 변호사까지 붙어 있는 상황.

어설픈 변론으로는 방어는커녕 창피만 당하기에 태양과 손하균은 당연히 그걸 감안하고 변론했다.

그리고 노형진이 뭘 노리든 막을 생각만 했다.

그러나 곧 던져진 질문에 그들은 당혹감을 넘어서 경악을 금치 못했다.

"그러니까 이건 자문위를 교육하거나 가이드라인을 정한 게 아니라 단순한 의견 제시다?"

"네."

"피고는 보험사입니다. 그리고 내부자문위의 목적은 의학적 소견 제시죠. 그런데 내부에 전문가 집단이 있는데도 그들이 아닌 제3자가 의학적 의견을 제시했다 이겁니까?"

"그들은 의학적인 지식이 부족한 게 드러났습니다만?"

"그런 사람들을 데리고 있던 건 피고가 아닌가요?"

"이 정도로 실력이 떨어진다고는 생각 못 했을 뿐입니다. 그리고 전문가들의 영역이라는 것은 단순히 경력만으로는 알 수 없습니다. 보험사 내부에서 근무하는 사람들은 수년에서 수십 년까지 사건을 담당하면서 수많은 사건 기록을 봤고 그에 따른 경험이 있기 때문에 어느 정도는 의학적인 지식을 갖추고 있습니다. 그러니 그들이 자의적으로 의견을 제시하는 것을 막을 수는 없습니다."

손하균은 단호하게 말했다.

"애초에 그래서 내부자문위에서 나온 의견도 외부적으로는 강제력이 없지 않습니까?"

"하지만 현실적으로 보험사에서는 강제력을 인정하고 소송용으로 쓰고 있습니다만."

"자문위원회에서 나온 자료를 토대로 소송을 결정하는 건 보험사의 합법적인 권리입니다."

"그건 인정합니다."

실제로 보험사의 소송의 권한을, 대법원에서 인정한 상태다.

비록 그 근본이 되는 자문위가 박살 나는 건 그들의 예상에 없었던 일이겠지만 보험사의 소송 권한 자체는 부정할 수 없는 사실이다.

"더군다나 이 사건에서 제공된 자료는 내부에서 예시로 제공된 의견에 첨부되었을 뿐, 실제로 소송에 사용된 적은 없습니다. 즉, 외부에 강제력을 가진 적이 없는 거지요."

이걸로 소송한 적은 없으니까 문제 될 것이 없다.

그렇게 말하는 손하균을 보며 노형진은 빙긋 웃었다.

그 미소를 본 손하균은 왠지 불안한 느낌이 들었다.

"그래서, 이 사건은 어떤 사건입니까?"

"뭐라고요?"

"이 자료는 가이드나 교육용이 아니라 특정 사건에 대한 의견일 뿐이라고 말씀하셨지요?"

"그렇습니다만."

"그렇다면 이 자료가 쓰인 사건의 담당자가 있겠지요. 하지만 그 담당이 저희 원고라는 증거는 없고요."

"그거야……."

"그러니까, 이 사건은 어떤 사건입니까?"

그 말에 손하균은 답을 못 했다.

실제로 손하균도 알지 못하니까.

애초에 이 사진을 서류에 첨부한 건 보험사이니, 이 사진이 누구의 사진인지 그가 알 리가 없다.

"그건 알 수 없습니다."

"직원이 특정 사건에 대한 개인적인 의견을 전달한 것뿐이라고 하셨는데요. 그런데 그 사건이 뭔지 모른다는 게 말이나 됩니까?"

"이건 원고가 담당한 사건과는 관련이 없는 별개의 사건입니다."

"글쎄요. 최소한 그 사건이 원고가 담당했던 사건인지는 확인해야 하지 않을까요? 그래야 그게 가이드라인인지 아니면 단순 의견 제시인지 알 수 있겠죠."

'이걸 노렸구나.'

손하균은 노형진의 말장난에 이를 빠드득 갈았다.

하지만 그는 몰랐다.

노형진이 노린 건 그게 아니었다는 걸.

"만일 그게 아니라면 이건 의료법 위반 아닙니까?"

"뭐요?"

"이걸 제공한 사람이 누군지 정확하게 알 수는 없습니다만 의료법상 해당 자료는 관련자만이 확인할 수 있습니다. 그만큼 의료 정보는 아주 엄중하게 관리해야 하는 사항입니다."

당장 보험사에서 피해자들에게 의료 정보를 안 주면 돈도 못 준다고 악다구니 쓰는 이유가 뭔가?

어떻게 해서든 돈을 주지 않을 꼬투리를 잡기 위해서가 아니던가?

사실 대기업쯤 되면 원하는 자료를 얻으려면 얻을 수 있다.

하지만 합법적으로 얻은 자료가 아니면 쓸 수 없는 게 문제인 것이다.

'내가 그걸 모르겠어? 후후후.'

일례로 어떤 의사는 이례적인 증상을 보이는 목 디스크 환자에게 그의 목 엑스레이와 CT 사진을 당시 저술하고 있던 의학 서적에 넣는 것에 동의하는 조건으로 병원비 전액을 대신 부담하겠다고 제안하기도 했다.

그만큼 환자의 질병이나 환부에 대한 정보는 쉽게 제공할 게 아니다.

심지어 의사조차도 쉽게 공유할 수 없어서 환자의 동의를 얻어 가면서 쓴다.

물론 그게 오직 의학의 발전을 위해 내부에서 교육용으로만 사용된다면 아무런 문제도 되지 않는다.

가령 병원 내에서 의사들이 환자에 대한 정보를 보고 치료를 목적으로 토론하거나 교육 목적으로 의대생들에게 완전히 익명으로 영상을 제공하거나 하는 거 말이다.

그건 사용의 특례에 어느 정도 적용된다.

하지만 그게 아닌 경우 그 특례는 적용되지 않는다.

디스크를 수술한 의사가 환자에게 병원비를 제공한 이유가 뭔가?

그렇게 함으로써 정당한 사용료를 지불하기 위함이 아니던가?

"그런데 이건 당사자 사건인지 확인하기도 힘들고, 무엇보다 당사자가 아니라고 하면 의료법 위반입니다."

"그⋯⋯."

자신이 생각하던 것과는 전혀 다른 쪽으로 카운터가 들어오자 손하균은 할 말을 잊어 버렸다.

그 모습을 보면서 노형진은 씩 웃었다.

'걸렸구나.'

애초에 이게 의뢰인에게 배정되었던 사건이 아니라는 것쯤은 알고 있다.

게다가 이걸 가지고 온 사람도 의뢰인이 아니었으며, 그 회사에 있는 사람은 이건 공통 메일로 발송된 가이드라인이 확실하다고 말했다.

즉, 공통 메일로 발송된 시점에서 이건 특정 사건에 대한 의견의 제시가 아니라는 뜻이다.

하지만 노형진은 그 사실은 일단 감출 생각이었다.

왜냐하면 그보다 더 큰 사건을 노릴 예정이니까.

"재판장님, 이는 심각한 의료법 위반 행위로 보입니다. 만일 피고 측이 이 사진을 발송한 사람과 수령한 사람, 그리고 이 사진의 주인을 제공하지 않는다면 해당 사건은 의료법 위반 행위로 저희가 고발할 수밖에 없습니다."

"그건 알아서 하세요. 이번 사건과 관련이 없으니까."

판사는 시큰둥하게 말했다.

실제로 이번 소송과 이 사진의 주인 여부는 상관없다.

'하지만 크게 보면 상관있지.'

이 사건에서 당사자는 보험사라는 법인과 내부자문위원회라는 개인이다.

하지만 노형진의 목적은 단순히 이기는 것이 아니라 보험사에 타격을 주는 것이다.

당연하게도 일이 이런 식으로 굴러간다면 해당 회사에서

근무하는, 이 서류를 발송한 직원이 처벌받아야 한다.

그런데 이게 진짜로 개인이 자기 담당 사건에 대해 의견을 제시한 것일까?

'그럴 리가 없지.'

최소한 부장급 이상의 사람이 이런 걸 진행할 테니 법인이 아닌 개인이 범죄의 대상으로 특정된다.

그렇다면 보험사에서는 과연 그 부장급을 위해 어떤 포지션을 취할까?

이 상황에서 벗어나는 방법은 두 개뿐이다.

정상적으로 사용 허가를 받았든가, 회사 교육용으로 사용되었든가.

하지만 둘 중 어느 것도 아닐 게 뻔한 일.

궁극적으로 보험사에 타격을 준다는 목적성에 정확하게 맞아떨어지게 된다.

"미친."

자신이 놀아나서 도리어 폭탄을 터트렸다는 사실에 손하균은 이를 빠드득 갈았다.

하지만 불행히도 폭탄은 그것만이 아니었다.

"국민의 관심이라는 것은 무섭죠."

"무섭다 뿐이겠는가? 아주 난리가 났어. 지금 보험사들은 증거를 없애느라고 정신이 없고."

"이미 늦었지만요."

노형진은 유민택을 보면서 싱글벙글 웃었다.

사실 세 번째 폭탄은 유민택, 아니 대룡과 아주 밀접한 관계가 있었다.

내부에서 이런 걸 명령한 자들에 대한 조사?

물론 보험사 입장에서는 심각한 문제겠지만 새론이나 노형진에게는 그다지 큰 문제가 아니다.

도리어 핵심적인 문제는 그들이 제시한 '2주 염좌'라는 조건이었다.

의사들이 2주 염좌가 아닌 추간판 탈출증, 즉 디스크라고 주장하는데도 보험사가 내부자문위를 이용해 피보험자를 속여서 보험료를 주지 않았다고 사람들은 생각하고 있다.

실제로 그건 의심스러울 수밖에 없는 일이다.

태양도 보험사도, 교육에 사용된 자료가 동의를 얻은 것이라는 증거를 제출하지 않았으니까.

만일 동의를 얻었다면 해당 자료를 제공하는 데 문제가 있을 리 없겠지만, 동의는 받지 않았을 테니 사실상 보험사에서 자문 위원을 교육하기 위해 가이드라인을 제시한 것이 된다.

이 경우 동의서가 존재하지 않으니 제시할 수 있을 리 없다.

그러니 그걸 실행한 직원이 누구든 간에 형사고소도, 형사

처벌도 피할 수 없는 상황.

"하지만 진짜 목적은 이쪽이라는 걸 모르는 눈치더군요."

"지금쯤이면 알지 않겠나?"

노형진이 노린 진짜 목적. 그건 다름 아닌 대룡병원의 홍보였다.

디스크를 2주 염좌로 처리해서 돈도 안 줬다.

그 사실이 자연스럽게 소문나면서 그간 쌓여 있던 보험사에 대한 불신이 터져 나오기 시작한 것이다.

그 상황에서 대룡은 한국의학협회의 감정표를 기준으로 철저하게 중립적인 입장에서 진단하겠다고 발표했고, 동시에 부족한 병실을 채우기 위해 다수의 한방병원과 제휴하겠다고 발표했다.

그 소문이 돌자마자 교통사고가 난 사람들은 너도나도 대룡병원으로 몰려들기 시작했고, 한방병원에서도 제휴를 통해 손님을 받기 위해 연락해 왔다.

"보험사 입장에서는 미칠 것 같은 기분일 겁니다."

그간 90년 전 기준으로 쉽게 꿀 빨고 있었는데 이제는 안 먹히는 데다, 그거 말고도 다른 수많은 사건들이 벌어지고 있으니 말이다.

"그렇잖아도 다급하게 전국에 전문 검사 센터를 세우고 있네. 그리고 변호사들에게서 연락도 많이 온다고 하더군."

변호사들 입장에서는 새로운 기준으로 검사해 주는 대룡

병원에 자문을 요청하는 게 유리하다.

상황에 따라 다르지만 양쪽에 동시에 자문을 받은 뒤 더 유리한 조건을 선택해서 소송하는 게 불법은 아니기 때문이다.

물론 한국의 법원이 맥브라이드 평가표를 쓰고 있는 건 사실이지만 그렇다고 한국의학협회의 평가표를 무시하는 건 아니다.

애초에 한국 법원이 의학협회의 평가표를 무시할 경우 의학협회가 들고일어날 게 뻔하니 그럴 수가 없다.

"보험사들은 편하게 돈 벌려고 의사들한테 소송을 건 일로 이 지경까지 온 걸 알면 기가 막히겠지."

"그러니까 선을 넘지 말았어야지요."

노형진은 싱글벙글 웃으며 말했다.

"그리고 아직 정작 그건 안 끝났습니다."

"어떤 거?"

"가짜 진단표를 써 준 의사들 말입니다."

"그렇군."

보험사들은 지금 거의 박살 나는 상황이다.

이로써 그들이 의사에게 소송한 행위에 대한 복수와, 추가로 벌어질 소송 차단에는 성공했다고 볼 수 있다.

"하지만 돈 때문에 의사로서의 양심을 저버린 일부 의사들을 놔둘 수는 없지요."

몇 푼의 자문료를 더 받기 위해 그들은 터무니없이 낮은 평가를 적용해 줬다.

그에게는 50만 원 정도일 뿐인 자문료.

하지만 그로 인해 피해자는 수천에서 수억의 손실을 보고 평생을 장애로 고통받아야 했다.

제대로 된 치료를 받기 힘들어지기 때문이다.

"이제 영혼까지 털어 봐야지요, 후후후."

같은 시각, 손하균은 이를 갈았다.

"망할 놈 같으니라고."

패배였다.

그것도 꼼짝도 못 한 채 두들겨 맞았다고 표현해도 될 정도로 비참한 패배.

부당 해고가 인정되어서 복직 처리된 것도 문제지만, 가장 큰 문제는 그들의 판단이 보험사의 가이드라인에 따른 업무의 영역에 포함되었다는 것이다.

이런 판례는 뒤집는 게 거의 불가능하니, 이제는 손해배상 소송이 벌어질 경우 내부자문 위원이 아닌 회사가 배상을 책임져야 했다.

"대표님, 다른 소송들은 어떻게 할까요?"

"계속해야지."

"하지만······."

한번 판례가 만들어진 상황이고 대부분의 사건은 자료도, 증거도 비슷하다.

그 말은 다른 사건에서도 질 가능성이 아주 높다는 소리다.

"어쩔 수 없지 않나."

지금 상황에서 태양은 몰락하는 해다. 욱일旭日이 아닌 낙일落日.

다시 하늘로 날아오르기 위해서는 돈이 필요하고, 그 돈을 줄 만한 곳은 현재로서는 보험사들뿐이다.

자존심 상하고 패배가 예정되어 있다 해도 그 소송을 받을 수밖에 없다.

"소송은 계속 진행해."

"알겠습니다."

"노형진, 이 복수는 꼭 하마."

손하균은 판결문을 바라보며 차갑게 말했다.

"무슨 짓을 해서라도 말이야."

노형진에 대한 복수심은 어느 때보다 강하게 불타오르고 있었다.

맹세의 가벼움

　의사는 히포크라테스 선서를 함으로써 환자를 보호하겠노라고 맹세한다.

　"하지만 현대사회에서 맹세나 약속처럼 가벼운 게 얼마나 있을까요?"

　"좀 씁쓸한 말이기는 하군."

　김성식 역시 인정한다는 듯 고개를 끄덕거렸다.

　물론 대부분의 사람들은 자신이 한 말을 지키려고 한다.

　하지만 비양심적인 사람들은 맹세는커녕 서류상의 약속조차도 어기는 게 잘 사는 길이라고 생각한다.

　"이 의사들도 마찬가지이고요."

　임진기 역시도 쓰게 웃으며 말했다.

그는 의사였기에 의사들의 내면의 본질에 대해 누구보다
잘 안다.

"저야 시골에서 힘들게 작은 의원을 하면서도 환자를 속이
지는 않았지만 애석하게도 그런 의사는 극히 드물죠."

"이 사람들은 그런 사람들이고요."

보험사는 신나게 두들겨 맞으며 몰려드는 소송에 비명을
지르고 있는 상황이다.

실제로 그 소송의 결과에 따라 작은 보험사들은 파산을 피
할 수 없다는 소문이 돌았고, 그래서 보험사들의 주가가 미
친 듯이 떨어지고 있었다.

"보험사도 문제지만, 중요한 건 그 보험사들에 거짓 진단
서를 끊어 준 사람들이라는 거죠."

"그렇죠."

아무리 보험사가 내부자문위를 통해 소송을 걸 수 있다지
만 그것만으로는 이길 수 없다.

애초에 내부자문위는 외부에 대한 강제력도, 공신력도 없
는 집단이니까.

"그 숫자가 많습니까?"

"의사 중에 한 5% 정도 됩니다."

"적지 않은 숫자네요."

의사 중 5%.

그 정도가 보험사 자문의로서 그들의 부탁을 받고 고의적

으로 피해를 축소하거나 거짓 자문을 통해 소송할 수 있는 근간을 만들어 준 인간들이었다.

임진기는 그런 노형진의 말에 고개를 절레절레 흔들며 말했다.

"의학이라는 건 돈이 많이 드는 직업입니다. 배움의 순간부터 개원할 때까지 막대한 돈이 들어가지요."

그리고 손실을 막기 위해서도 엄청난 돈이 들어간다.

현실적으로 보면 그런 돈을 확보하는 건 절대로 쉬운 일이 아니다.

"그런데 실력이 없는 의사들도 아닌 것 같은데 왜 그런 겁니까? 의사들은 위계질서가 강한 거 아닙니까?"

노형진이 이상하다고 생각하는 부분이 바로 그거였다.

의사들의 위계질서는 엄청나게 강하다. 그런데 자문하는 선배 의사들을 조질 수 있게 가짜 자문을 써 준다는 게 이해가 되지 않았다.

"크게는 두 가지 이유 때문입니다."

임진기는 그런 노형진을 위해 상황을 설명했다.

"그 위계질서라는 건 기본적으로 대형 병원 내부에서 강해지는 겁니다. 정확하게는, 위로 올라가고 싶은 사람들은 위계질서가 강해지죠."

"아하, 승진을 포기한 사람이야말로 무섭다는 말이 있기는 하죠."

대학 병원에서 계속 일하거나 저명한 의사로 이름을 날리기 위해서는 그에 걸맞은 실력과 지원이 있어야 한다.

당장 대룡병원에서 일하는 사람들의 이름만 봐도 알 수 있다.

대룡병원은 타이틀을 가질 수 있는 곳이다 보니 오고자 하는 사람들은 많은데 자리는 부족하다.

"당연하게도 그런 자리를 추천해 줄 수 있는 건 윗선뿐입니다. 그렇다 보니 눈치를 볼 수밖에 없죠."

"즉, 그걸 원하지 않는 사람은 눈치 볼 필요가 없다는 거군요."

"맞습니다."

눈치 하나 보지 않고 자기 욕심만 채우면 된다고 생각하는 놈들은 넘쳐 난다.

당장 군대에도 부하 장병들을 강간하거나 성희롱하거나 폭행하거나 심지어 협박해서 돈을 뜯어내는 놈들도 있다.

그런 놈들이 과연 군인으로서 조국을 수호한다는 그런 맹세를 안 했을까?

"한없이 가벼운 맹세다 이거군."

쓰게 웃는 김성식의 모습에 노형진은 입맛을 다실 수밖에 없었다.

임진기가 설명을 계속했다.

"다른 하나는 바로 이런 자문을 할 수 있는 놈들이 대부분 이미 높은 자리에 올라갔다는 거죠."

"그게 무슨 말이죠?"

"실력이 있고 없고의 문제는 부차적인 거죠. 정확하게는 그들이 올라갈 수 있는 최고의 자리에 올라가 있음을, 동시에 자신이 올라갈 자리가 더는 없음을 안다는 거죠. 어떻게 보면 첫 번째 원인과 비슷합니다만."

간단하게 말해서 그런 자문을 하도록 하는 놈들은 중형 병원 내부에서 충분한 권력을 가지고 있기에 무리해서 대형 병원으로 이직할 생각이 없다는 거다.

실제로 대형 병원에서 중형 병원으로 스카우트되어 가는 경우는 많지만 반대로 중형 병원에서 대형 병원으로 스카우트되어 가는 경우는 극히 드물다.

"권력자의 꿈은 재벌이라는 말이 있지."

김성식 역시 그게 어떤 감정인지 아는지 차분하게 말을 꺼냈다.

"자신이 누릴 수 있는 권력의 끝에 도달했을 때 인간은 선택을 해야 하지. 그 권력 내부에서 다른 무언가를 추구하든가, 아니면 그 자리에서 선의로 해결하든가."

"다른 무언가는 돈일 테고요?"

"그래, 맞아."

그렇기에 권력자들은 언제나 돈을 갈구한다.

돈은 권력을 보장함과 동시에 지켜 주고 강화해 주는 역할을 한다.

독재국가가 아닌 자본주의국가에서 돈은 권력 그 자체이며 동시에 가장 소중한 물건이다.

대통령이 명예가 없어서 수조 원씩 해 처먹겠는가?

아니다. 그들이 물러난 후에 스스로를 지키기 위해 돈이라는 새로운 방패가 필요한 것이다.

"그러니까 그들은 그곳에서 충분한 권력을 누리고 있다고 생각한다 이거군요."

노형진의 말에 임진기가 바로 맞혔다는 듯 고개를 끄덕였다.

"맞습니다."

그러니 그들의 관심은 자연스럽게 돈으로 흘러가게 되고, 돈을 벌기 위해 수단과 방법을 가리지 않게 된다는 거다.

"특히나 높은 곳으로 가기 위해서도 결국 돈이 필요한 곳이 한국이니까요."

농담이 아니다.

일개 시장이 직원에게 승진시켜 주겠다고 돈을 요구하는 게 한국의 일반적인 시스템이다.

시장이 대놓고 그런 소리를 하는 대한민국에서 과연 순수하게 실력과 신념으로 대표의 자리에 갈 수 있을까?

그럴 리가 없다.

더군다나 한국에서는 영리 병원을 추구하지 않는다지만 그렇다고 해서 병원이 돈이 안 되는 사업인 것은 아니다.

도리어 다른 방식으로 돈이 되기에 적잖은 투자금을 받아서 개원하는 사람들이 많다.

돈을 많이 벌수록 대출도 빨리 갚을 수 있고, 더 많은 수익을 낼 수 있다.

"흠."

노형진은 턱을 문질렀다.

"그리고 가장 돈이 되는 건 바로 자문이죠."

한두 사람을 만나서 시간당 몇만 원 버는 것보다는 그냥 보험사가 가지고 온 서류에 사인만 하고 자문료를 두둑하게 받아 챙기는 편이 훨씬 이득이다.

"그리고 현실적으로 모든 의사가 대학 병원이나 종합병원에 갈 수는 없으니까요."

"무슨 말씀이십니까?"

"그런 곳에 가는 의사는 상위 1%입니다."

임진기는 현실을 제대로 말해 줬다.

그리고 그게 이번 사태에 어떤 영향을 미치는지도 말이다.

"그런 곳은 보험사에서 공격해도 보호하는 게 가능하죠. 이번에 대룡병원의 대응을 봐도 알겠지만요."

"그렇지요."

"하지만 의사들이 가고자 하는 대부분의 직장인 중형 병원은 현실적으로 자리도 제일 많고 위계도 강력하게 작용합니다."

대형 병원은 자존심 때문에라도 보험사에서 원하는 대로 써 줄 이유가 없지만 중형 병원은 아니다.

그런 곳은 대부분 투자자들을 위해 어떤 방식으로든 돈을 벌어 줘야 한다.

그리고 한국의 보험수가를 생각하면 차라리 어떤 면에서는 자문이 훨씬 돈이 된다.

그것도 시키는 대로 자문만 하면 하루에 수천만 원을 벌어들이는 게 가능할 만큼 말이다.

"자문료는 의사가 받아 가는 게 정상 아닌가요?"

"일부는 병원이 가지고 갑니다. 문제는 그것도 절대로 무시할 수준이 아니라는 거죠."

"흠."

"현실적으로 말해서 중간급 병원에 속한 의사들은 위에서 자문하라고 하면 거절할 수가 없습니다."

만일 거절하면 어떻게 될 것인가? 그걸 생각해 봐야 한다.

현실적으로 상급 병원으로는 갈 수가 없다. 그러면 동급 병원으로 가거나 한 단계 낮은 등급으로 가야 하는데, 위계 질서가 뚜렷한 한국 의료계의 특성상 저 사람 쓰지 말라고 전화 한 통만 돌리면 자리도 못 잡게 할 수 있다.

"그러면 그만두고 개인 의원을 여는 수밖에 없습니다. 문제는 그러려면 돈이 엄청 든다는 거죠."

당장 임진기만 해도 자신의 의원을 열기 위해 엄청난 빚을 져서, 노형진과 만난 시점에는 한창 빚에 허덕이고 있었다.

"의사들 대부분의 목표가 개원이긴 하지만, 그러기 위해서는 페이 닥터로 일하면서 어느 정도 돈을 벌어야 합니다."

하지만 중형 병원에서 일하는 의사들도 말 안 듣는 후배의 이직을 막아 버릴 힘 정도는 충분히 있다는 거다.

"지방으로 내려가는 것도 방법이지만 의사들은 지방으로 내려간다고 하면 인생 패배자 취급을 하거든요."

"그런 게 심한가요?"

"심하죠."

서울에서 월 2천만 원 받으면서 페이 닥터를 하고 말지, 지방에서 연봉 3억 받고서는 일 못 한다는 게 의사들의 일반적인 생각이었다.

"그래서 제 친구 중에 자살한 친구가 있었습니다."

"자살요?"

"네. 윗선에 찍혀서 취업이 불가능해졌거든요."

윗선에서 무리한 요구를 했는데 그 친구가 그걸 들어주지 못했던 것이다.

결국 윗선에서 그의 앞길을 막아 버렸다.

그러자 그는 응급실 같은 진짜 다급한 곳에서 시간제 페이 닥터로라도 일하면서 서울에 남으려고 했지만 방법이 없었기에 결국 자살을 하고 말았다.

"이해가 안 가는군요. 지방으로 가면 아무리 페이 닥터라고 해도 수억은 받을 수 있을 텐데요."

실제로 지방의 대형 병원에서는 연봉 4억을 제시했는데,

이게 학과장급이나 교수급의 월급이 아니라 일반의의 페이였다.

"자존심 문제죠. 의사들의 자존심은 확실히 비정상적이거든요."

그렇게 뒤지게 힘들면서도 그는 '절대로 지방에 갈 수는 없다. 억울해서라도 서울에 남아서 성공해야 한다.'라고 말하더니 결국 우울증을 이기지 못하고 자살했다.

"제게 의사 친구가 별로 없는 이유이기도 하고요. 솔직히 의사 친구가 많으면 의료 소송 전문 변호사는 하기 힘들죠."

의사 업계에서는 지방에 내려갔다는 이유 하나만으로도 실패자 또는 루저 취급받는 게 현실이다.

"그렇다 보니 자문의 대부분은 위에서 원하는 대로 써 줄 수밖에 없습니다."

만일 양심적으로 자문을 했다?

그 순간부터 보험사가 해당 병원에 자문을 의뢰하지 않아 손실이 발생해 결국 병원에서 그 사람을 자를 수밖에 없게 만든다.

"다행히 의료 자문을 한 사람을 감추는 문제는 노 변호사님 덕분에 힘을 잃었지요."

보험사에서 가짜 자문 결과를 내놓으면 피해자들은 의사를 과잉 진료로 고발하고, 고발당한 의사는 피해자와 함께 보험사와 싸우는 수밖에 없다.

실제로 그런 과정이 계속 이루어지고 있었고, 의사들은 그로 인해 극심한 스트레스를 받고 있는 상황이었다.

당연히 의학협회도 가짜 자문을 해 주는 일부 병원과 의사에 대해 심각한 문제의식을 가지기 시작했다.

전에는 보험사와 피해자 두 사람의 문제일 뿐이었지만 이제는 의사들도 엮여 버린 상황이니까.

"보험사에서는 자료를 못 주겠다고 지랄하고 있다면서요?"

"네. 영장을 가지고 오라고 주장한다더군요."

"그치들도 필사적이겠지."

올 한 해 손실만 수억도 아닌 수천억이 예상된다고 할 만큼 시끄러운 상황에서 그들은 어떻게 해서든 돈을 아껴야만 했다.

악순환이라고 했던가?

그들은 상황이 다급해지자 무슨 수를 써서라도 돈을 주지 않아야 한다는 절박함에 시달렸고, 그 결과 무차별적으로 소송을 걸기 시작했다.

그 전에는 그래도 큰 건만 걸고 작은 건은 넘기는 방식이었는데, 지금은 작은 건 큰 건 상관하지 않고 무조건 소송을 걸면서 돈을 못 주겠다고 발악하고 있는 상황.

"그 상황에서 소송을 걸 수 있는 거리는 두 가지뿐이니까요."

그중 하나가 바로 의사들의 가짜 자문 진단서다.

그때 임진기의 설명을 듣던 김성식이 불쑥 입을 열었다.

"웃긴 일이군."

"뭐가 말입니까?"

"그렇지 않나? 양심적으로 치료하고 자문한 사람은 과잉 진료나 허위 사실 유포로 소송당하고, 거짓말하는 사람은 보호받는다는 게."

김성식이 쓰게 웃으며 말했다. 그러자 노형진의 표정이 굳어졌다.

"물론 지금이야 그렇지만, 저는 앞으로도 계속 그렇게 흘러가도록 놔둘 생각이 없습니다만."

"해결책이 있다는 건가?"

"네, 간단한 해결책이 있지요."

"고발은 소용없을 겁니다."

일단 고발을 진행해도 저쪽에서 의사의 이름을 말하지 않고 있고, 그러면 현실적으로 경찰이 조사를 진행하는 데에는 한계가 있다.

물론 보험을 청구한 피해자가 보험사에서 제시한 서류를 기반으로 과잉 진료를 이유로 자신을 치료한 의사에게 소송을 거는 상황이기는 하지만, 치료해 준 의사가 보험사에 자문서를 써 준 의사를 만나야 무죄가 나오는 것도 아니다 보니 보험사는 그 소송이 끝날 때까지 모른 척하면서 자신들에게 가짜 자문서를 써 준 의사들의 이름을 감추고 있었다.

"더군다나 판사들이 영장을 내줄 리도 없고 말이죠."

"그러면?"

"저들은 오로지 병원 이름만 말하고 있으니까 그걸 이용하면 되는 겁니다."

"어떻게? 그 병원을 대상으로 소송하자고?"

"아니요. 반대죠. 어차피 소송거리도 없습니다."

진짜로 자문료를 넘어서 뇌물을 받고 가짜 자문서를 써 줬는지는 그들만 알 테고, 이건 조사한다고 해도 진실이 나오기는 힘들다.

"하지만 그 책임은 병원이 지게 만드는 겁니다."

"어떻게?"

"해당 병원의 이름을 널리 알리는 거죠."

"응?"

"자문은 불법이 아닙니다. 우리가 그걸 이야기한다고 해서 사실 적시 명예훼손이 될 만한 것도 아니죠."

"어?"

실제로 어떤 보험사의 자문의라는 사실을 홍보하는 병원도 있으니까.

물론 지금은 그런 홍보가 싹 다 사라졌다.

그럴 수밖에 없다. 자문의들과 병원이 손잡고 환자를 속이고 있다는 게 전국적으로 퍼진 상황이니까.

"만일 우리가 자문하는 병원의 이름을 대대적으로 공개한다면 어떨까요? 과연 그게 불법일까요?"

그 말에 다들 잠깐 고민했다. 하지만 곧 고개를 흔들었다.

"아니요. 불법이 아니죠."

"불법이 될 수가 없지."

그들이 불법행위를 한 것도 아니다. 그렇다고 해서 그들의 그러한 자문이 사회적으로 지탄받는 행위인 것도 아니다.

이 경우에 욕먹는 건 거짓말하는 행동이지, 자문 자체는 아니었다.

"하지만 국민들이 이 사실을 안다면 어떻게 생각할까요?"

"국민들 입장에서는 위험하다고 생각할 수 있겠군요."

"맞습니다."

이미 국민들에게는 보험사가 그들을 속이고 있다는 소문이 파다하게 난 상황이다.

물론 원래도 그런 이미지는 있었다지만 그래도 지금처럼 아주 심각하지는 않았다.

일부를 제외하고는 언론에 나가는 경우가 드물었기 때문이다.

하지만 지금은 아니다.

진실이 알려지며 국민들 중 대다수가 그 사실을 알고 불만으로 가득한 상황이었다.

"우리가 길게 이야기할 이유는 없죠. 굳이 의사를 조져야 할 이유도 없고요."

그들은 병원 이름을 써 넣으면서까지 의사를 보호했다.

이를 반대로 말하면, 병원 이름만 공개해도 대부분의 사람들은 그 병원을 기피하게 될 거라는 뜻이다.

"아, 재판만 생각하고 있었습니다."

"여론전에 능숙한 변호사는 많지 않으니까요."

대부분의 변호사들은 여론전에 어색할 수밖에 없다. 그런 걸 전문적으로 공부하는 변호사는 없다.

설사 잘하는 로펌이 있다고 해도 그건 변호사가 잘한다기보다는 내부적으로 그런 팀을 운영하기 때문이다.

"우리 새론만 해도 홍보 부서가 따로 있지 않습니까?"

"그건 그러네요."

노형진이야 알아서 잘하지만 대부분의 변호사들은 잘 못하기 때문에 그런 걸 지원해 주는 홍보 부서가 있다.

물론 말이 홍보 부서지, 여론전을 하기 위한 업무를 주로 수행하는 부서다.

"우리는 길게 말할 이유도 없습니다. 해당 병원은 보험사의 자문을 주로 맡는 보험사 측 자문 병원이라는 것만 알리면 됩니다."

이 말 한마디만으로도 사람들은 그 병원을 꺼릴 거다.

왜냐하면 거기에서 진료나 진단을 받으면 보험사에서 돈을 주지 않을 거라는 사실도 알게 될 테니까.

"의사를 조질 이유는 없다라……."

임진기는 혀를 내둘렀다.

의사들만 어떻게 공격하나 싶었는데 설마 병원을 공격할 줄이야.

"그런데 그 자료는 어떻게 얻으려고?"

"뭐, 그쪽에서 수십 년간 제출한 서류가 있지 않습니까?"

"하긴."

의사의 이름은 빼도 병원의 이름까지 뺄 수는 없다.

그 이름마저도 빼면 그 서류의 공신력을 확보할 수 있는 수단이 없기 때문이다.

누가 썼는지도 알 수 없는 서류를, 어디서 왔는지도 말 못 한다면 판사들이 인정할 리가 없다.

"보험사에서 제출한 진단서에 이름을 올린 병원들을 정리 해서 인터넷에 올리면 됩니다. 그 숫자가 많지는 않죠?"

"네, 많지 않습니다. 보험사들은 거래하던 병원과 계속 거 래하는 걸 선호하거든요."

그래야 자기들에게 좀 더 유리한 자문을 해 주니까.

"바로 공개하죠, 후후후."

⚖

경기도에 위치한 양심병원. 그곳의 원장은 눈을 찡그렸다.

"아니, 왜 이렇게 손님이 없어?"

교통사고 전문 병원인 양심병원은 매주 몰려드는 교통사

고 환자로 인해 자리가 없어서 난리였다.

그런데 지난주부터 갑자기 손님이 뚝 끊겼다.

교통사고가 없는 것도 아닌데 갑자기 양심병원에 오는 교통사고 환자가 아무도 없었던 것.

그러자 원장과 함께 병원 내부를 돌아보던 의사가 걱정스러운 어조로 말했다.

"교통사고 환자만이 문제가 아닌데요. 내과 환자도 전혀 없습니다."

양심병원은 종합병원은 아니지만 그래도 내과 정도는 있었는데, 그곳의 의사도 급감한 환자들 때문에 기겁한 상태였다.

"지난주부터 손님들이 없습니다. 오던 분들만 오고, 그마저도 확 줄었어요. 신규 환자는 아예 없다시피 하고요."

"뭔 일이라도 일어난 거야?"

원장은 이 상황이 이해하기 어려웠다.

양심병원은 이 근방에서 가장 큰 병원이다. 시설도 막대한 돈을 들여서 크고 화려하게 꾸며 놨다.

당장 병실만 해도 모조리 4인실에 개개인의 캐비닛에 TV까지 설치한 상황이다.

그렇게 막대한 돈을 들인 덕에 편한 병실 생활이 가능하다는 소문이 나서 제법 많은 환자가 찾아오던 참이었다.

그런데 이렇게 갑자기 싹 빠져 버릴 줄이야.

"큰일이네."

양심병원을 차리기 위해 빌린 돈이 어마어마해, 지금도 그 이자만 갚는데도 헉헉거리는 중이다.

그런데 이대로라면 이자를 갚기는커녕 간호사들 월급도 주지 못할 것이 뻔했다.

"저기, 원장님."

"조 간호사, 왜?"

두 의사가 걱정하고 있는데 수간호사가 걱정스러운 얼굴로 나타났다.

"812호 환자분이 나간다고 하시는데요."

"뭐? 왜? 그분께서 왜 나간대?"

812호는 그도 아는 곳이다. VIP실이니까.

당연히 거기에 들어가는 사람은 일반인이 아닌 돈이 많은 권력자다.

그리고 지금 거기에 입원한 사람은 다름 아닌 현 시의회 의장이었다.

"너희들 뭔가 실수한 거야? 어?"

그가 교통사고로 입원했을 때 모시는 데에 절대로 실수가 있어서는 안 된다고 누차 당부했기 때문에 그가 나간다는 말에 원장은 대번에 눈을 부라렸다.

아직 그는 입원 기간이 2주나 남아 있는 환자였기에 지금 나갈 이유가 없었다.

"그게, 저희 잘못이 아니라……. 보험사랑 싸워야 하는데 내가 왜 여기에 있느냐고…….”

“뭔 소리야?”

“보험사랑 분쟁 중이시잖아요.”

“그렇지.”

시의회 의장이 권력자이기는 하지만 보험사 입장에서는 그저 만만한 수많은 사람들 중 한 명일 뿐이다.

지역에 자리 잡고 영업하는 병원 입장에서야 중요한 사람이지만 말이다.

당연하게도 보험사에서는 ‘돈을 못 주겠다.’를 시전한 상황이다.

“그런데 여기서 진료받으면 터무니없는 진단이 나올 걸 뻔히 아는데 왜 여기에 계속 있겠냐고 하시면서…….”

“터무니없는 진단?”

물론 보험사를 위해 터무니없는 자문을 해 준 일이 꽤 많기는 했다.

그런데 여기에는 사람들이 잘 모르는 부분이 있다.

바로 자문은 돈 받고 개떡으로 해 주지만, 반대로 자기네 진단은 확실하게 해 준다는 거다.

그도 그럴 것이 자문이야 자문료 외에는 받을 수 있는 게 없으니 상대방이 병신이 되든 나중에 부작용으로 뒈지든 알 바 아니지만, 여기서는 진단된 증상이 위중하고 진료 기간이 오래되어야 보험사로부터 돈을 더 받을 수 있기 때문이다.

"우리가 미쳤다고 진단을 개떡으로 하겠어?"

"하지만 소문이 그렇게 났다는데……."

"소문?"

소문이라는 말에 다들 고개를 갸웃했다.

아무래도 나이가 있는 의사들인지라 빠른 인터넷 트렌드에 신경을 쓸 여유가 없었던 것이다.

"저도 이번에 들었는데요."

수간호사는 떨떠름한 얼굴로 자신의 핸드폰을 내밀었다.

두 의사는 그걸 받아서 핸드폰에 띄워져 있는 글을 읽기 시작했다.

보험사 측에 붙어서 자문해 준 병원들의 명단입니다.

여기에 이름이 포함된 병원들은 철저하게 보험사들을 위해 진단해 주는 곳들이니까 가능하면 가지 않는 게 좋을 겁니다.

아는 변호사분한테 들어 보니까 이런 곳에 가면 최악의 경우 법적인 보호를 받지 못할 가능성이 아주 높다네요.

그렇게 시작된 글 아래에는 병원 이름이 가득했다.

단순히 이름만 가득한 게 아니었다.

혼선을 막기 위해서인지 지역과 이름, 심지어 병원의 전화번호까지 다 나와 있었다.

―A병원 가지 마세요. 저 병원에서 나온 자문 때문에저 보험금의
20%만 받을 뻔했습니다. 20%가 깎인 게 아니라 20%만 준다고 하
더군요.
 ―B병원은 더합니다. B병원에서 자문해 준 것 때문에 지금 보험
금 반환 청구 소송을 당하고 있습니다.

 그렇게 실명으로 공개된 병원 명단을 보며 다들 분노하고
있었는데, 그중에는 양심병원도 있었다.

 ―저기 가지 마세요. 저놈들이 장애 없다고 하는 바람에 소송 중이
라 치료를 못 해서 영구 장애 판정을 받았습니다. 다른 병원 의사가
말하길 빨리 치료했다면 영구 장애까지는 안 되었을 거라는데, 저
새끼들 때문에 저는 이제 평생 앉은뱅이 신세입니다.

 "어, 이거 뭐야?"
 "얼마 전부터 보험사와 결탁해서 그들을 위해 자문해 주고
있는 병원들의 명단이라네요."
 "뭐?"
 그 말에 다들 눈동자가 흔들렸다.
 설마하니 그 명단이 새어 나갈 거라고는 생각도 못 했으니까.
 "그게 어디서 새어 나가?"
 "몰라요. 하지만 이미 파다하게 소문났어요."

"이런!"

이들도 바보가 아니다.

지금 보험사들과 변호사들이 사실상 전면전을 하는 상황이고, 보험사가 그간 저지른 만행의 대가를 그대로 돌려받고 있다는 것도 알고 있다.

그래서 보험사를 위해서 한 자문에 대해 사람들은 반발을 넘어서 증오하게 되어 버린 상황.

"아니, 이게 뭔 일이야?"

"원장님, 이거 어떻게 해야 합니까?"

다들 당황해서 어버버하는 그 상황에서 갑자기 원장의 핸드폰이 울렸다.

액정에 뜬 이름을 본 원장은 침을 꿀꺽 삼키며 전화를 받았다.

"네, 회장님."

병원에서는 원장이 대장이지만, 사실 병원에 투자한 사람이야말로 진짜 대장이다. 그 투자자가 직접 전화한 것이다.

-원장, 지금 내가 황당한 소리를 들었는데, 자문 문제 때문에 손님이 안 온다며?

"네? 아니 그게, 일시적인 겁니다. 네, 일시적인 거."

-일시적? 그래, 그렇다고 하고, 어쨌든 내가 투자한 거 이자는 줄 수 있는 거지?

그 말에 원장은 대답할 수가 없었다. 줄 수가 없었으니까.

－일시적인 일이라며? 그러면 내 돈은 당연히 줄 수 있는 거 아니야?

"지금 환자가 와서요. 나중에 다시 전화드리겠습니다, 회장님."

－야! 야!

전화를 끊은 원장은 울상이 되었다.

"씨팔, 좆 됐다."

마지막 카운터 한 방

보험사들은 난리가 났다.

그동안 그들은 상대방에게 자문하는 자문의들의 입에 소송을 통해 재갈을 물리려고 했다.

그런데 반대로 자기들이 자문할 수 있는 곳이 없어져 버리고 말았다.

"의사들이 우리에게 자문해 주는 것을 거부하고 있어요."

"내부자문 팀도 없는데, 그러면 어쩌란 말입니까?"

의사들도 바보는 아니다.

아무리 자문을 준다고 해도 일반 환자를 받지 않을 수는 없다. 병원 유지비와 장비 대여비 그리고 월세 등을 생각하면 일반 환자 없이 영업하는 건 불가능하다.

그런데 보험사에 자문한 병원 명단이 퍼지면서 사람들이 해당 병원들을 꺼리기 시작하자 병원들은 다급하게 보험사들과 손절했고, 그중 일부는 아예 폐업 처리를 하고 병원의 이름을 바꾸는 과정에 들어가기까지 했다.

어차피 의사들이 누군지는 소문나지 않았으니까 병원 이름만이라도 바꿔 보자는 거다.

당연하게도 보험사는 자신들의 생각과 다르게 자기들이 자문받을 곳이 없어져서 도리어 제 입에 재갈이 물리는 상황이 되어 버렸다.

"그리고 다른 문제도 있습니다. 가지급 건이 엄청나게 늘어나고 있다는 겁니다."

"우리도 그런데, 끄응. 도대체 가지급에 대해 떠드는 새끼가 누구예요?"

"변호사들입니다. 전에는 그냥 소송만 해 주던 놈들이 갑자기 가지급 이야기를 꺼내서……."

전에는 소송에 들어가면 당장 필요한 생활비나 치료비를 감당하지 못해서 결국 포기하고 주는 대로 받아 가는 경우가 많았다.

그런데 이제는 가지급 때문에 일정 이상의 자금은 줘야 했고, 그 돈은 피해자들이 버티는 데 적잖은 도움이 되고 있었다.

"이게 뭔 날벼락입니까?"

영원할 거라 생각했던 자신들의 시장이 빠르게 무너지고

있었다.

물론 자신들이 종종 선을 넘은 건 안다.

아니, 사실 자주 선을 넘었다.

하지만 자신들은 보험사다. 이익을 추구하는 게 당연한 거다.

비록 그 과정에서 누군가 죽고 누군가 장애인이 되었지만, 어차피 그건 이미 일어난 일이니 자신들은 돈만 챙기면 되는 상황이었다.

그런데 그 모든 게 되돌아오고 있었다.

"이대로라면 다 망해요. 우리 회사에 들어온 소송만 어제 자로 청구 금액이 500억이 넘어요."

물론 그게 다 인정되지는 않겠지만 그 절반만 인정되어도 무려 250억이다.

더군다나 소송은 아직 본격적으로 시작된 것도 아니다.

그보다 더 많은 소송들이 아직 상담 중이거나 접수 직전이라는 소문이 변호사 업계에 이미 파다하게 퍼져 있었다.

"우리 매년 수익이 얼만데."

만일 이 소송에서 진다면 수년간의 수익을 다 토해 내도 부족할 판이다.

"우리도 채무 부존재 확인 소송이라도 걸어야 하는 거 아닙니까?"

누군가의 말에 다른 사람이 기겁하면서 펄쩍 뛰었다.

"공제조합 소식 모릅니까?"

"공제조합요?"

"공제조합에서 채무 부존재 확인 소송을 걸었더니 그대로 보험 가입자한테 청구하는 바람에 가입자가 공제조합을 고소했어요. 그런 식이면 우리는 더 불리해진단 말입니다."

만일 가입자가 돈을 준다면 이쪽은 그 돈을 물어 줘야 하니 소송은 더 복잡해지고 더러워진다.

"그러면 우리는 어찌해야 한단 말입니까?"

급격하게 무너지는 보험 시스템.

그 보험 시스템 내부에서 모두가 머리를 부여잡고 해결책을 찾기 위해 몸부림치는 상황.

"일단은 서류를 핑계 삼아서 지불을 거부하면서 버텨야지요."

"하지만 해당 서류는 필수가 아니지 않습니까?"

"알 게 뭡니까, 매번 그래 왔는데."

이쪽은 필수라고 주장하면서 의료 기록과 외부 자문 동의서에 사인하라고 요구하고, 상대방이 그걸 거부하면 핑계 삼아 돈을 지급하지 않는 것도 보험사의 고전적인 전략 중 하나였다.

"일단은 돈을 주지 않는 데 집중해야 합니다."

어떻게 보면 이건 단순히 천천히 말라 죽는 것에 지나지 않았지만 현실적으로 보험사가 고를 수 있는 해결책은 그다지 많지 않았다.

"뭐, 예상에서 한 치도 안 벗어나는군요."

새롭게 들어온 소장을 살펴보며 노형진은 피식 웃었고, 고용근 변호사는 고개를 절레절레 흔들었다.

"보험사들은 거의 발악적으로 소송 중입니다. 과거에는 잘해 봐야 2~3%? 정도만 소송이 이루어진 것 같은데 지금은 거의 20% 이상이 소송으로 넘어가고 있습니다."

"그럴 겁니다. 그들 입장에서는 망하기 직전이라고 생각할 가능성이 크니까요."

어떻게 해서든 현금을 쥐고 버텨야 한다는 게 보험사들의 생각일 테니, 일단 소송을 걸면서 버티는 것 말고는 방법이 없을 거다.

"더군다나 채무 부존재 확인 소송을 무조건 걸 수도 없으니까요."

그랬다가는 노형진이 그렇잖아도 없는 계좌마저도 압류를 걸어 버릴 거다.

실제로 현재 보험사는 급격하게 위험해지고 있는 상황이다.

일반적인 경우라면 보험사에 가압류를 인정하지 않겠지만 보험사를 상대로 걸린 소송이 수천 건을 넘어가고 배상액을 다 합하면 수천억이 넘어가는 상황에서 가압류가 들어오지 않을 거라는 기대는 불확실할 수밖에 없었다.

"그러니까 저들은 가압류를 막기 위해 적당한 권원을 확보해야 하지요. 그런데 남은 권원은 서류에 대한 권원뿐이니까요."

의사들은 다들 보험사와 거리를 두고 있는 상황이다.

외부 자문을 얻는 것 자체도 거의 불가능해지고 있고 내부 자문은 이미 팀이 박살 난 데다가, 내부자문 팀에서 나온 사람들은 반대로 이쪽을 위해 증언하고 있다.

"그러니 이렇게 서류를 물고 늘어질 거라는 걸 예상하는 건 어렵지 않지요."

"그렇다면 해결책도 생각해 놓으셨겠지요?"

고용근 변호사는 은근히 기대하는 눈치였다.

수십 년간 진행되어 온 싸움을 이렇게 단박에 뒤집을 거라고 누가 예상이나 했겠는가?

그런데 노형진은 그걸 해낸 것이다.

"아, 물론 해결책을 내놓으라는 건 아닙니다. 이걸로 보험금을 지급하지 않는다는 건 말도 안 되는 걸 알지만 시간이라는 게 피해자에게는 압박으로 다가오니까요."

"압니다."

이제 시간은 보험사 편이 아니라지만 피해자는 그 시간조차도 고통스러울 수밖에 없다.

문제는 아무리 이 서류 문제가 최종적으로 가면 지급 불가 사유로 인정받지 않는다 해도 일단 소송을 걸기에는 충분한 권원이 된다는 거다.

물론 애초에 나중에 인정 못 받을 게 확실하니 그냥 소송
도 기각하면 좋겠지만, 수십 년간 판사들에게 뿌려 둔 막대
한 뇌물에는 그 정도는 할 수 있을 정도의 힘이 여전히 남아
있었다.

"가압류를 하기에는 이게 참 애매합니다. 아무리 보험사
가 위험하다고 해도 과연 가압류를 법원에서 받아들여 줄지
모르겠네요."

심지어 임진기조차도 이 서류 문제는 어쩔 수 없다는 듯
어깨를 으쓱했다.

자신은 의사였던지라 의학을 잘 알지만 이런 진짜 법리 싸
움은 아무래도 노형진보다 부족하니까.

"동의서를 써 주면 됩니다."

"네?"

그런데 노형진의 말에 두 사람은 깜짝 놀랐다.

동의서를 써 준다는 것은 이쪽이 지고 들어가는 거나 마찬
가지이기 때문이다.

"이쪽에서 동의서를 써 주고 진료 기록을 확인하면 온갖
꼬투리를 잡으며 보험금을 주지 않으려 할 겁니다. 아시지
않습니까? 그렇게 되면 소송은 더욱 길어질 겁니다."

절대 의료 자문 동의서나 진료 기록 확인 동의서를 쓰지
말라고 하는 이유가 바로 그거다.

서류 문제로 싸우는 건 길어 봐야 1년이다.

하지만 그런 동의서를 써 주는 순간 소송의 원인이 바뀌어 버린다.

서류로 싸우는 소송은 저쪽이 불리할 수밖에 없고 압박의 수단밖에 안 되지만, 일단 동의서를 받고 저쪽에서 진단을 확인하는 순간 소송의 원인이 사고가 아닌 질병인 방향으로 바뀌어 버린다.

예를 들어 디스크 관련 보험료 청구를 한 사람이 원래 무릎이 좀 안 좋았다고 치자. 그런데 그 사실을 보험사에서 알게 된다면?

당연히 그걸 핑계 삼아 돈을 주지 않는다.

무릎이 좋지 않아서 허리에 악영향을 줬고, 그래서 디스크가 발병했다는 식으로 말이다.

서류 소송이야 깔끔하게 정리하면 그만이고, 서류를 제출하지 않았다고 해서 보험료를 주지 않는 건 법원에서 인정하지 않는다.

그러나 질병의 원인이 되는 경우에는 인과에 따른 파급력을 분석한 뒤 그에 대한 수많은 전문가들의 의견과 소견 그리고 기록을 가지고 싸워야 한다.

그리고 그런 경우 보험사는 절대적으로 유리한 포지션일 수밖에 없다.

자신이 아는 의사들을 동원해서 좋지 않은 무릎이 허리와 척추에 부담을 가중시켰다는 식으로 말하면 디스크의 원인은 사고가 아니라 그의 무릎이 되기 때문이다.

그러면 소송비도 비싸지고, 이길 가능성도 낮아지며, 결과적으로 1년이면 끝날 소송을 3~4년씩 끄는 건 일도 아니게 된다.

과학적인 원인이나 결과에 대한 분석이라는 게 없으니까.

결국 그 과정에서 피해자가 포기하게 하는 게 보험사의 전략이었다.

"지금까지는 말이죠."

"그런데요?"

"저들은 의료 기록을 달라고 하고 있습니다. 그런데 어떤 의료 기록을 달라고 하는 거죠?"

"네?"

노형진의 질문에 고용근 변호사와 임진기 변호사는 어리둥절한 얼굴이 되었다.

"이런 거죠. 진료 기록은 개인 정보에서도 지극히 예민한 부분입니다. 그리고 그런 정보를 통째로 제공해 달라는 게 저들의 요구죠."

"맞습니다."

"하지만 우리가 그동안 보험사에 놀아난 부분이 있습니다. 굳이 전부를 제공할 이유는 없다는 거죠."

"전부를 제공할 이유가 없다?"

"디스크와 관련되지 않은 부분의 의료 기록까지 제공할 이유가 있나요?"

"어? 아하!"

그들이 요구하는 모든 기록은 모든 의료 기록을 뜻한다.

예를 들어 개인적인 출산 기록이나 은밀한 치료 기록, 심지어 남성의 포경 기록까지 볼 권한을, 그들은 요구하는 거다.

"하지만 생각해 보면 그게 질병과 관련이 있는지는 그들이 주장해야 하는 영역이거든요. 그동안 그들은 그걸 이용해 왔고요."

예를 들면 남자가 포경을 했으니까 디스크가 왔고, 그러니까 사고에 대한 보험금을 지급하지 못한다는 게 그들의 공격 방식이다.

그러면 이쪽은 포경이 디스크와는 아무런 관련이 없는 개별적인 의료 행위라는 걸 주장해야 했으며 그 과정에서 고통을 겪어야 했다.

"하지만 이제는 그걸 바꾸는 거죠. 우리는 그쪽에서 원하는 의료 기록을 특정해 달라고 하면 됩니다."

"하지만 그놈들은 우리 기록을 모르잖습니까?"

"우리가 알 바 아니죠. 그리고 말입니다, 그런 걸 요구하기 위해서는 의학적인 지식이 있어야 합니다. 과연 보험사에서 그런 걸 모를까요?"

디스크와 관련된 질병이 뭐가 있는지, 그리고 그걸 유발하는 이유가 뭔지 보험사에서 모를 수가 없다.

수십 년간 연구된 기록에 접근할 수 있으니까.

"당연히 그들은 어떤 질병이 어떤 질환을 일으키는지 알고 있습니다. 우리가 요구할 자료는 이거죠. 너희들이 요구하는 자료는 주겠다, 하지만 그와 관련된 것으로 정확하게 인정된 질병을 고지해 달라, 해당 자료만을 선별해서 제공하겠다."

"그러면 상황이 완전히 바뀌는 거군요."

의학적으로 어떤 질병이 어떤 질환과 연관되는지는 어느 정도 검증되어 있다. 그러니까 그걸 특정해서 청구하면 해당 자료만 주면 되는 것이다.

"그건 싸울 이유도 없지요."

왜냐하면 질병과 관련된 과학적인 조사 기록이 이미 존재하는 그런 질환들이니까.

지금처럼 뭐라도 걸고넘어지며 코에 걸면 코걸이, 귀에 걸면 귀걸이식으로 '무좀이 있음을 고지하지 않았으니 암 보험금 지급은 무효입니다.'라는 유의 헛소리는 못 하게 된다.

"하지만 다른 것도 있습니다만……. 외부 자문 동의서는요?"

"일단 정해서 오라고 하세요."

"네?"

"자문받을 병원을 정해서 오라고 하라고요."

"그거야 당연히…… 아하!"

말을 하던 고용근은 아차 싶었다.

자문받을 병원을 정해서 와 달라. 그러면 이쪽에서 문제가 없는지 확인하고 받아들이겠다.

그 말을 반대로 생각하면 그 병원에서 보험사를 통해 자문한다는 뜻이니, 그 병원은 곧 현재 웹상에서 나돌고 있는 자문 병원 명단에 올라갈 수밖에 없다.

"과연 지금 자문 병원을 구할 수 있을까요? 설사 구한다고 해도 말입니다, 우리가 그걸 받아들일 이유가 있나요?"

환자가 없어서 다급한 나머지 자문료라도 받아 보겠다며 보험사의 자문을 받아들일 곳이 있을 수는 있다.

하지만 그걸 이쪽에서 꼭 받아들여야 할 이유가 있나? 없다.

"이 짓거리 많이 한다면서요?"

"네, 엄청 많죠."

가령 피해자가 A병원에서 자문받자고 하면 보험사는 그럴 수 없다고 길길이 날뛰면서 B병원이 아니면 절대로 자문을 인정 못 한다고 지랄하기도 한다.

왜냐하면 B병원은 이미 질병이나 상해에 대해 후려치기로 약속되어 있거나 평소 거래하던 곳이라 자신들을 위해 자문서를 조작해 줄 곳이기 때문이다.

그렇다 보니 피해자가 A병원에서 자문을 받아 제출해도, 대놓고 A병원 자문서는 인정할 수 없으며 B병원 자문서만 인정한다고 보험사에서 소송을 걸기도 한다.

"우리라고 그러지 말라는 법은 없죠."

이쪽은 이미 믿을 수 있는 대룡이라는 기업을 뒷배로 두고 있다.

그리고 대룡은 어느 곳보다 공신력이 있는 대룡종합병원을 보유한 기업으로, 미국에서 수많은 의료 재단을 운영하면서 최신 의학 기술을 배워 온 곳이다.

그런데 그런 곳을 안 믿고 자기들이 믿는 코딱지만 한 곳만 고집한다?

"안 받아들이면 그만이죠. 그리고 동시에 우리가 노릴 먹잇감이기도 하고요."

"해당 병원을 공격하시겠다 이거군요."

"맞습니다."

일이 이 지경이 되었음에도 불구하고 보험사를 위해 허위 진단서를 써 줄 정도의 병원이 과연 생존할 가치가 있느냐고 묻는다면 노형진은 그렇지 않다고 대답할 것이다.

"과연 보험사에서 뭐라고 할지 두고 보죠."

⚖

"그러니까 해당되는 질병에 관해서만 제출하면 되는 거 아닙니까?"

노형진의 질문에 태양에서 나온 변호사는 땀을 뻘뻘 흘렸다.

이 사건은 손하균이 직접 담당하는 건 아니지만 그래도 대량으로 넘겨받은 사건이기에 손하균 대신 출석한 것이었다.

그런데 지극히 합당하고 또 이상한 부분이 없는 질문을 노형진이 던지니 곤혹스러워졌다.

"그러니까 모든 자료를 달라고 요구하는 겁니다."

"그러니까 안과 관련 기록만 제출하면 되는 거 아닙니까?"

"안 됩니다. 무조건 모든 자료를 다 제출하셔야 합니다."

"어째서요?"

"질병의 원인을 정확하게 찾아야 하기 때문입니다."

"이상하군요. 백내장 수술 아닙니까? 백내장 수술에 관련해서 왜 다른 상해나 질병의 자료를 요구하는 겁니까?"

"그거야 그걸 토대로 질병의 원인을 찾기 위해서입니다."

해당 변호사의 답변에 노형진은 피식하고 웃었다.

예상한 대로의 답변이었으니까.

"백내장과 관련된 질병은 이미 증명되지 않았습니까?"

사실 백내장은 딱히 다른 질병과 관련이 있다고 보기 힘들다.

눈의 노화에 의해 발생하는 질병이라는 게 드러난 데다 특정 질병이 백내장을 발생시킨다는 과학적인 증거도 없다.

"그걸 확인하기 위해 자료가 필요합니다."

"피고 측 변호인, 변호인은 의사인가요?"

"네?"

"피고 측 변호인은 의사냐고 물었습니다. 그걸 왜 피고 측 변호인이 판단합니까?"

"그걸 판단하는 건 제가 아니라 저희와 관련이 있는 자문의들이 할 예정입니다."

"그러면 그 자문의가 누구인지 말씀해 주시면 되겠네요."

"네?"

"저희가 그 자문의에게 가서 직접 자문을 받겠습니다."

노형진은 단호하게 말했다.

"재판장님, 재판장님도 아시겠지만 최근 자문의 관련 사건의 가장 큰 문제는 자문하는 의사가 단 한 번도 자문의 대상을 보지 않은 채 제공되는 극히 일부의 정보만으로 판단해 왔다는 것입니다."

"그렇지요."

자문할 때 고의적으로 속이는 자문의도 있지만, 보험사에서 제공한 서류에 속거나 서류에 적혀 있는 정보가 부정확해서 본의 아니게 보험사에 유리한 서류를 작성하는 경우도 많았다.

"그러한 경우에 확실하게 진단하기 위해서는 자문하는 의사를 당사자가 만나는 게 좋다고 생각합니다."

"그건 그렇습니다만."

그 문제는 판사도 잘 알고 있었기에 노형진의 말에 고개를 끄덕거렸다.

그러자 슬슬 노형진은 사건을 그와 엮기 시작했다.

"그리고 그건 다른 질병도 마찬가지라고 봅니다."

"다른 질병?"

"그렇습니다. 현재 피고 측은 원고 측에게 다른 질병이 백내장의 원인이 될 수 있다는 이유로 진료 기록을 전부 공개하라고 주장하고 있습니다. 피고 측 변호인, 맞습니까?"

"맞습니다."

"그런데 저희 원고는 병원에 거의 가지 않는 사람이고 현재 상황에서 원고가 가진 모든 질병을 다 알고 있는 것도 아닙니다. 원래 병원은 아플 때만 가는 게 일반적이니까요. 현재로서는 아프지 않은, 그래서 우리가 모르는 질병이나 증상이 있을 가능성을 무시할 수는 없습니다."

"그건 그렇지요."

대부분의 사람들은 아프기 시작해야 병원에 가니까.

"하지만 애석하게도 어떤 질병은 말기까지 아무런 증상도 보이지 않기도 합니다. 특히 눈과 관련된 뇌 질환의 경우는 뇌에 통각이 없기 때문에 최후의 순간까지 알 수가 없습니다."

"그, 그렇지요?"

이쯤 되자 보험사 측 변호사의 마음속에서 점점 불안이 피어오르기 시작했다.

노형진이 스스로에게 불리한 이야기를 할 리는 없기 때문이다.

불행히도 그가 몰랐던 건, 노형진의 최대 목적이 자신의 승리가 아닌 의뢰인의 최대한의 이익이라는 것이었다.

의뢰인이 아니라 조직과 자신을 우선시하는 태양이라는

로펌에 속한 그로서는 알 수 없는 생각이었고, 그건 재판의 많은 걸 바꿨다.

"이에 원고가 종합건강검진을 통해 정확한 진단을 받을 필요가 있다고 판단했습니다."

"어?"

갑자기 종합건강검진 이야기가 나오자 피고 측 변호사는 깜짝 놀랐다.

그건 노형진 스스로에게 불리한 발언이니까.

하지만 이어지는 말에 도리어 자신이 낚였다는 사실을 깨닫고는 입을 쩍 벌렸다.

"다만 이건 피고 측의 요구에 의해 실시하는 건강검진인 만큼 해당 비용은 피고 측인 보험사가 제공하는 게 맞다고 생각합니다."

"미친! 말이 됩니까!"

당연하게도 피고 측 변호사는 기겁하면서 날뛰었다.

그도 그럴 게 이번 소송의 소가는 고작해야 1,300만 원이다.

그런데 요즘 종합건강검진의 가격은 최소 150만 원.

그마저도 최소 수준으로 했을 때 그렇고, 최대로 할 경우 300만 원에 달하는 게 바로 건강검진이다.

"재판장님! 저희가 원하는 건 원고의 진료 기록이지 건강검진 기록이 아닙니다!"

"원고의 진료 기록은 백내장과 관련된 질병이나 상해에 대

해 역학 관계가 증명된 질병이나 증상을 알려 주시면 확인해
서 여부를 알려 드리겠다고 말씀드렸습니다만?"

"그런 게 어디 있습니까?"

"의학 정보는 개개인의 아주 중요한 개인 정보입니다. 그
걸 그냥 통째로 넘기라는 게 말이 됩니까?"

"그러면 돈을 못 줍니다!"

"의학 정보를 주지 않는다고 돈을 지급하지 않는 건 불법
입니다. 그리고 애초에 말입니다, 피고 측에서 자세한 의학
자료를 제공하기를 요구해서 기꺼이 이쪽에서 건강검진까지
하며 정확한 진료 내역을 제출하겠다는데 왜 거부하시는 겁
니까?"

"그거야……."

"설마 2년 전에 발생한 질병이 이제 와서 백내장과 관련이
있다고 생각하시는 건 아니죠?"

당연히 아니다.

이들은 그저 꼬투리 잡을 만한 핑계를 찾기 위해 전체 자
료를 요구한 것뿐이었다.

"흠."

그 대화를 들으면서 판사는 깊은 고민에 빠졌다.

확실히 과거의 진단 자료보다 현재의 진단 자료가 훨씬 믿
을 만하다.

더군다나 노형진의 말대로 자료를 보험사에 제공한다고

해서 보험사가 그걸 보고 과학적으로 의학적 연관성을 증명하는 건 불가능하다.

애초에 보험사는 연구소도 아니고 심지어 산하에 병원조차 없다.

자문도 외부 의사들에게 돈을 줘 가면서 의뢰하는 상황에서 그들이 그런 관련성을 찾아내는 건 불가능하다.

'목적은 뻔한데.'

이런 소송은 수백 번을 했기에 판사도 안다, 꼬투리를 잡아서 보험금 지급을 거절할 목적이라는 걸.

'이건 카운터네.'

만일 검진을 거부한다면 저들이 주장하는, 다른 질병과 연관이 있을 수 있다는 논리가 깨지는 거다.

저들 입장에서는 과거의 기록보다 현재의 기록이 훨씬 정확하니까.

하지만 문제는 법률의 특성상 주장하는 자가 그걸 증명해야 한다는 것.

그 말은, 그걸 증명하기 위한 비용을 주장하는 쪽에서 내야 한다는 거다.

저쪽에서 신체에 이상이 없다고 주장했다면 스스로 증명하기 위해 자기 돈으로 건강검진을 받고 자료를 제출해야 하지만, 노형진은 교묘하게도 원고가 모르는 질병이 있을 수 있음을 인정하면서 다만 그걸 주장하는 것은 피고이기에 그

검사 비용을 피고가 내야 한다고 주장하고 있다.

그리고 이게 인정된다면 아마 노형진은 가장 비싼 건강검
진을 선택할 거다.

'대룡병원에서 제공하는 건강검진 중에 580만 원짜리가 있
다던데.'

대룡병원과의 관계를 아는 상황에서 노형진이 어떤 걸 선
택할지 답은 뻔한 일.

'그렇다고 우리가 커트할 수도 없고.'

전이라면 간단하게 자신이 병원에 진단을 명령하면 그만
이었을 것이다.

하지만 그것도 이번에는 불가능하다.

왜냐하면 이번 소송의 핵심은 질병의 과다 진료나 보험료
과다 청구 같은 상해의 문제가 아니니까.

만일 신체 감정의 문제라면 법원이 신체 감정을 명령해서
제3의 병원에서 검사하면 그만이지만, 이건 제출하지 않은
서류의 문제에 대한 소송이다.

그리고 원고 측은 기꺼이 그걸 제공하겠다고 말하고 있고,
심지어 한발 더 나아가서 건강검진까지 해서 제출하겠다고
나서고 있다.

물론 보험사가 미치지 않고서야 그걸 받아들일 리가 없다.

그러나 그렇게 되면 판사인 그는 피고 측의 주장이 터무니
없음을 인정하고 보험료의 지급을 명령해야 한다.

실제로 필수 서류가 아닌데도 원고 측에서 합리적인 자료 제출 계획을 제시했음에도 불구하고 피고 측에서 거부하는 상황이니까.

"피고 측, 원고 측이 말한 대로 백내장을 유발할 수 있는 질병에 대한 상세한 자료를 같이 제출하세요."

"하지만 재판장님!"

피고 측 변호사는 비명을 질렀다.

그런 게 있을 리가 없으니까.

이건 대놓고 패소하라는 소리였다.

"개인 정보는 한정된 상황에 한정된 선에서 제공되어야 합니다. 아무리 보험사라고 할지라도 한 사람의 개인적인 병력을 모두 요구하는 것은 무리가 있다고 봅니다. 그게 아니라면 종합건강검진을 받아서 해당 자료를 제공받는 것도 방법이겠습니다만."

하지만 과연 1,300만 원을 지급하는 시기를 미루기 위해 580만 원을 추가로 지급하려 할까?

더군다나 2년, 3년 미루는 것도 아니고 잘해 봐야 3개월 정도인데?

"크윽, 알겠습니다."

결국 피고 측 변호사는 이를 박박 갈며 현실에 순응했다.

노형진은 그 모습을 보며 승리의 미소를 지었다.

"그런 식으로 카운터를 먹일 줄은 몰랐네요."

"그들이 생각하는 거야 뻔하니까요."

그들은 꼬투리를 잡아서 검진비도 지급하지 않을 생각이 었겠지만 노형진은 그걸 역으로 돌려줬다.

그 결과, 보험사는 검진비를 지급하지 않으면 그간 거짓말한 것이 되고, 반대로 검진비를 지급하면 배보다 배꼽이 더 커지는 상황에 처했다.

"그들은 절대 못 줄 겁니다."

"그러겠지요. 아마도 온갖 핑계를 대면서 시간을 끌 수밖에 없을 겁니다."

"그러니까요."

사실 노형진이 그들이 생각하지 못한 방식으로 그들의 입을 막았지만, 그렇다고 해서 그들이 돈을 줄 거라고 생각하지는 않았다.

그들은 절대로 돈을 줄 수가 없다.

"돈이 왕창 빠져나가야 하는 상황에서 종합건강검진까지 받게 한다면 그 결과는 더더욱 큰 손실로 돌아올 테니까요."

이게 무슨 소리냐면, 종합건강검진을 받은 결과 병이 추가로 발견되기라도 한다면 그들은 그 질병에 대한 치료비 역시 제공해야 하기에 건강검진을 받도록 할 수도 없다는 거다.

지금 그들이 핑계를 대면서 검진비를 지급하지 않는 것과는 별개로 보험의 효력이 상실된 건 아니다.

만일 피해자가 종합건강검진을 받고 검진비를 청구한다면 보험사 입장에서는 안 줄 수가 없다.

당연하게도 보험사 입장에서는 보험에 가입한 사람이 질병에 걸려서 조용히 죽어 버리기를 원하지, 질병의 존재를 일찍 알아채고 치료하기를 원하지 않는다.

실손 보험이나 교통사고로 인한 상해보험은 생명보험이 아니기 때문에 질병이 늦게 발견돼서 사망하는 경우 그로 인한 사망 보험금이 지급될 일이 없으니까.

"그냥 무조건 못 준다며 버티면 상황이 달라지기 시작하는 거죠."

"금감원에서 조사를 좀 해 주면 좋겠는데요."

"글쎄요. 그럴 수도 있죠."

물론 금감원은 철저하게 보험사 편이다.

그들은 피해자에게는 관심도 없고, 금감원에서 퇴직한 후에 어떻게 해서든 보험사에 억대 연봉을 받으면서 입사하고 싶어 하기에 일반적으로는 피해자가 아무리 억울해도 철저하게 보험사 편을 들어 준다.

"하지만 이제는 상황이 달라졌죠."

억대 연봉은커녕 이제 보험회사의 존속마저도 위협받는 상황에서 금감원을 그만두고 보험사로 가려고 하는 사람이 있을까?

더군다나 전 국민이, 현재 벌어지고 있는 사실상 보험 사기에 해당하는 보험사의 행위를 눈을 크게 뜨고 지켜보고 있다.

그동안은 보험사가 피해자를 속이는 보험 사기를 숱하게 저질러 왔지만 그들이 그걸 판단하는 주체이기 때문에 단 한 번도 처벌받지 않았다.

그러나 이제는 상황이 달라졌고, 판단은 국민이 한다.

"그리고 피날레를 장식할 시간입니다."

"네? 피날레요? 하지만 이제 보험사는 옴짝달싹 못 합니다만?"

물론 소송하면서 시간을 끄는 전략은 쓸 수 있겠지만 그럴수록 그들의 손실은 커질 수밖에 없다.

"천천히 말라 죽는 것도 볼만하기는 한데, 저는 그것보다는 좀 더 빨리 말라 죽어 버리는 걸 보는 게 좋거든요. 느린 복수는 사람들에게 복수라고 인식도 되지 못하니까요."

"하지만 이제 법적으로는 할 수 있는 게 없을 것 같은데요."

"법적인 게 아닙니다, 여론에 관한 거지. 이미 여론에서 보험사와 붙어먹은 병원을 어떻게 징벌할 건지 논하고 있지 않습니까?"

"그렇지요."

"그러니까 보험에서 뱅크런을 일으켜야지요."

"보험에서 뱅크런?"

고용근과 임진기는 고개를 갸웃했다.

보험사와 뱅크런은 전혀 상관없는 이야기처럼 들렸던 것이다.

그런 두 사람에게 노형진은 피식 웃으며 말했다.

"보험은 무슨 업종이죠?"

"당연히 금융업이죠."

"그런데 뱅크런이 불가능할까요?"

"그렇군요. 우리가 보험이라는 업종에 대해 생각은 했지만 그게 가능할 거라는 생각은 못 했네요."

"네. 그리고 보험은…… 해약 시의 비율이 다르기는 하지만 해약하는 게 가능하죠."

은행업에 속한 회사가 재정 상태가 파산할 정도로 위험하다고 판단되는 시점에 사람들이 한꺼번에 돈을 찾아가는 행위를 뱅크런이라고 한다. 노형진은 그걸 보험사를 상대로 시도하려고 하는 것이다.

"그런데 지금 보험사가 딱 그런 상황입니다. 지금 저들은 어떻게 해서든 보험금을 지급하지 않으려 하는 상황이죠. 그런데 과연 돈을 안 주는 걸까요, 못 주는 걸까요? 보험이라는 특성도 같이 가지고 있으니 애매한 거죠."

"허?"

만일 적금이 만기가 되었는데 은행에서 지급을 거절한다

면? 그 이유나 상황도 설명하지 않고 차일피일 지급을 미룬다면?

그러면 어떻게 될까?

아마도 사람들은 은행에 돈이 없어서 지급하지 못하는 거라고 생각할 거다.

"그런데 왜 보험은 그런 생각을 안 하죠?"

돈을 안 주는 것인지 아니면 못 주는 것인지는 무척이나 예민한 문제다.

"하지만 보험은 그래도 예금 보호의 영역에 있지 않습니까?"

"맞습니다. 정확하게는, 개인의 예금 보호 대상 중 하나지요."

보험은 예금으로 취급받기 때문에 법적으로 5천만 원까지는 예금 보호를 받는다.

하지만 현실적으로 보험을 5천만 원씩 넣는 사람이 없기에 당연히 대부분의 개인 가입자들은 비상사태가 터진다고 해도 돈을 날리지는 않는다.

물론 그것과 별개로 보험의 적용은 받지 못할 수도 있다.

가령 자동차보험으로 200만 원은 낼 수 있어도, 교통사고로 지급해야 하는 보상금 1억을 내지는 못할 수도 있다는 거다.

"하지만 우리는 그 보호의 대상이 아닌 곳을 알고 있지요."

"법인 말이군요."

"맞습니다."

보험의 경우 법인 가입자들은 이 예금자보호법의 보호를

못 받는다.

왜냐하면 법인이라는 존재는 대부분 개인보다 훨씬 많은 정보를 접할 수 있고 대상에 대한 선별 능력을 갖추고 있기 때문이다.

게다가 설사 보호한다고 해도 당장 어느 정도 규모가 되는 법인들은 대부분 보험금으로 들어가는 돈이 매년 수억에서 수십억 단위이기 때문에 5천만 원 정도 보호해 줘 봐야 그다지 실익이 없다는 문제도 있다.

그래서 예금자보호법에서는 보험에 한해서 법인 가입자를 보호하지 않는다.

"그런데요?"

"그러니까 저는, 아니 마이스터에서는 법인에 미리 경고할 수밖에 없습니다. 사실 이게 위법도 아니고요."

분명 보험사들은 상당히 위험한 상황이고 마이스터는 투자 등으로 관련된 회사들을 보호해야 할 입장이다.

죽어라 보험을 들어 놨는데 결정적인 순간에 보험사가 파산해서 돈 못 준다고 하면 회사들 입장에서는 날벼락도 이런 날벼락이 없는 셈이니까.

그러니 그들은 그런 사태를 피하기 위해서라도 안정적인 보험사로 갈아타야 한다.

"아!"

"다른 사람은 몰라도 노 변호사님이라면 가능한 일이겠군요."

"정확하게는 마이스터를 비롯해서 투자회사들이 가능한 거죠."

그들은 손실을 피하기 위해 아랫사람들에게 정보를 제공할 테고, 결과적으로는 그 사실이 외부로 새어 나갈 것이다.

그때 사람들은 과연 어떻게 생각할까?

그냥 '나는 법인이 아니라 개인이라 예금자보호법에 따라 5천만 원까지는 보호받으니 계속 여기에 있어야지.'라고 할까, 아니면 '당장 저 돈을 꺼내서 다른 안전한 곳으로 옮겨야지.'라고 할까?

보험이라는 건 지금 보관된 액수가 문제가 아니라 비상시에 대비해 줄 수단이라는 점이 중요한 거다.

그런데 그 중요한 게 보장되지 못한다면 뱅크런이 일어나는 건 너무나도 당연한 일이다.

"마이스터 입장에서는 어쩔 수 없는 선택입니다만, 안타까운 일입니다."

말은 그렇게 했지만 노형진은 전혀 안타깝지 않은 표정이었다.

⚖

마이스터의 발표는 대한민국을 발칵 뒤집었다.

-한국의 보험사들에 뱅크런 및 파산의 가능성이 있으므로 휘하 가입자들은 한국 보험사들의 보험을 파기하는 것을 추천 드립니다.


미묘한 말이었다.

그러나 각 법인들에 전달되었기에 언젠가 외부로 새어 나갈 수밖에 없었고, 그 말을 들은 개인 가입자들은 미친 듯이 보험사로 몰려들었다.

"대기 인원이 590명이라고?"

"어차피 오늘은 처리 못 하세요. 내일 오세요."

"아니, 뭔 개소리야! 왜 처리 못 해?"

직원들은 흥분한 사람들을 진정시키려고 했지만 진정될 만한 상황이 아니었다.

"이거 소문이 사실인 거 아니야?"

"소문?"

"돈을 안 주는 게 아니라 못 줘서 소송한다는 소문!"

"설마."

"'설마'라는 말로 넘어가기에는 소송이 너무 늘어났잖아!"

"그렇긴 한데……."

물론 대부분은 피해자들이 건 소송이다.

하지만 실제로도 보험사에서 소송을 거는 양이 늘어나긴 했다.

어쩔 수가 없다. 막대한 배상금을 토하지 않기 위해서는 뭔 짓이라도 해야 하니까.

다만 그걸 어떻게 받아들이느냐 하는 건 결국 당사자들의 마음에 달린 문제였다.

"진짜로 돈이 없는 거라던데?"

처음에는 설마 했던 것이 나중에는 그럴 수도 있는 것이 되고 종내에는 진실이 된다.

"보험사에서 파산 직전이라 보험금 지급을 전액 중지한다더라!"

"보험사에서 해지 금액에 대한 반환을 거부했대!"

소문에 살이 붙고 점점 커지며 보험사로 몰려드는 사람들은 수백을 넘어 수천수만 명이 되었다.

"돈 내놔!"

"보험이 어떻게 되는 거야!"

"우리 아빠 보험금은 어떻게 되는 거야! 그 돈이 없으면 우리 아빠 치료 못 해!"

다른 예금과 다르게 목숨이 달려 있는 보험의 경우는 더더욱 피해자의 가족들이 날뛸 수밖에 없었고, 보험사 직원들은 어쩔 수 없는 상황에 쩔쩔맸다.

그리고 그 상황에서 윗선에서는 잘못된 판단을 했다.

"지금부터 지급 중단해."

"네?"

"위에서 일단 보험 해지를 막고 지급을 중단하라고 한다."

"하지만 지점장님, 이미 대기자가 수천 단위가 넘는데 해지 환급을 중단하면……."

당연히 세간에 나도는 소문에 불과했던 회사의 파산이 기정사실화된다.

"어쩔 거야? 위에서 주지 말라는데."

지점장도 안다.

하지만 위에서 시키는 대로 할 수밖에 없었다.

당장 해당 지점에 있던 돈은 바닥을 쳤다. 그리고 얼마나 더 나가게 될지 누구도 모른다.

실제로 보험사가 가진 돈이 충분할지는 누구도 모르는 것이다.

보험사도 어떻게 해서든 막기 위해 몸부림치고 있지만 한계가 있으니까.

"지급을 현 시간부터 중단해."

그 말에 직원들의 얼굴은 사색이 되었다.

⚖️

그리고 직원들이 우려했던 대로, 보험사들이 파산 직전이라는 소문은 사실로 바뀌었다.

황급히 지급 중단을 결정했던 보험사들은 그제야 다급하게 지급을 재개했다.

하지만 이미 이미지가 무너진 보험사들로부터 탈출하려는 행렬에는 끝이 없었다.

"보험사들이 다급하게 소송을 정리하기 시작한다더군요."

"그럴 겁니다. 소송에 휘말리는 것 자체가 결국은 돈을 주지 못한다는 또 다른 증거니까요."

못 주는 것이냐, 안 주는 것이냐.

그 상황에서 보험사들은 자신들에게 지급 능력이 있음을 증명해야 했고, 그래서 결국 패배할 수밖에 없는 소송의 경우는 그냥 보험금을 지급하기 시작했다.

심지어 본사를 비롯한 모든 건물을 다급하게 매물로 내놓으면서까지 현금을 확보하기 위해 몸부림치고 있었다.

아무리 보험사라고 해도 이 정도의 뱅크런에 대응할 능력은 없으니까.

"그리고 저는 이번에도 두둑하게 돈 좀 벌었네요."

"공매도를 하셨다고 들었습니다."

"알면 해야지요."

노형진은 작전에 들어가면서부터 애초에 마이스터를 통해 공매도를 걸었고, 그렇게 번 돈으로 보험사의 건물을 모조리 사들였다.

결과적으로 보험사들은 자기들이 벌어 준 돈으로 자신들의 건물을 노형진에게 가져다 바친 셈이 된 것이다.

"보험사들이 억울해서 미쳐 날뛰겠네요."

"결국 자업자득입니다."

애초부터 선을 넘지 않았으면 되는 일이었다.

남의 인생과 목숨을 파리 목숨으로 취급하지만 않았어도 이 지경까지 치닫지는 않았을 거다.

"그저 오랜 시간 쌓인 업보가 돌아온 것뿐입니다."

노형진은 결국 백기 투항하는 보험사들을 보며 흡족한 얼굴로 말했다.

"물론 아직도 갚을 게 많을 테지만요, 후후후."

또 다른 미다스 (1)

　보험사들은 어떻게 해서든 살아 보겠다고 닥치는 대로 팔아 재끼고 있었다.

　그럴 수밖에 없는 게, 소송에서 패한 후에 그 증거들이 고스란히 자신들이 피해자들을 속였던 증거로 사용되었으니까.

　"보험사들이 아주 난리가 났더군."

　김성식은 미소를 지으면서 말했다.

　아이러니하게도 끝까지 싸워서 재판에서 마무리된 사건은 추후 배상의 문제가 없었다.

　왜냐하면 어차피 제3의 기관을 통해 조사해서 판단한 것이기에 판결에 의심할 여지가 없는 데다, 설사 중립적이지 않은 판결이었더라도 재판부에서 이미 내린 결정을 뒤집을 가능성은 제로라고 봐도 무방했기 때문이다.

하지만 합의로 마무리한 사건들은 피해자들을 속였다는 사실이 밝혀지며 보험사는 막대한 배상금을 물 수밖에 없는 처지가 되었고, 배상금을 지급하기 위해 있는 돈 없는 돈 다 긁어모으다가 급기야 월급을 지급하지 못하는 초유의 사태가 벌어지기도 했다.

"그렇다고 해서 갑자기 해결책이 생기는 것도 아니니까요."

보험사들은 어떻게 해서든 돈을 구하기 위해 안달이 났지만 은행권에서는 대출을 거부했다.

왜냐하면 이번 사태로 인해 보험사 측 부실이 아주 심각하다고 판단했기 때문이다.

당연한 거다.

아직도 수천 건의 재판이 진행 중이고 앞으로 거쳐야 할 재판이 거의 수십만 건이라는 건 업계 사람들은 다 아는 사실이다. 그렇다 보니 돈을 구하는 게 쉽지 않은 거다.

거기다 담보로 잡아야 하는 건물이나 부동산 등은 이미 팔아 치우기 시작한 지 오래.

그런데 은행에서 뭘 믿고 돈을 빌려주겠는가?

"거기다 지금으로서는 보험을 가지고 장난치는 게 불가능해졌고요."

만약 막대한 손실이 생겼다면 보험사에서는 그 손실을 줄이기 위해 어떤 방법을 쓸 것인가?

첫 번째, 자신들의 자산 중 쓸모없는 걸 팔고 최대한 긴축하면서 본질에 좀 더 집중한다.

두 번째, 그냥 보험료를 올린다. 그리고 소송을 통해 보험금을 지급하지 않는다.

지금까지 보험사들은 두 번째를 선택해 왔다.

방만 경영이 개판으로 이루어지고 있었던 것이다.

그런데 이제는 그게 불가능해졌다.

일단 내부자문위가 박살 났기 때문에 그들의 의견을 핑계삼아 소송을 거는 게 불가능해졌고, 의사들 간에도 소송전과 난타전이 벌어지면서 자문을 투명하게 하는 분위기가 형성되었다.

보험사에서 두둑하게 돈을 받겠다고 보험사를 편들어 줬다가는 새론에서 물고 늘어져 독박을 쓰게 되었기 때문에 그 어떤 의사도 돈 몇 푼에 미래를 저당 잡히는 짓은 하지 않게 된 것이었다.

결정적으로 대롱병원에서 노형진의 조언에 따라 한국의학협회 기준의 진단서를 발급하면서, 과거에 맥브라이드 평가표를 곡해하고 축소해서 사용하던 보험사 입장에서는 날벼락이 떨어진 거나 마찬가지인 상황이 되었다.

그 과정이 엄청나게 투명했기 때문에 애초에 보험 사기를 치는 사람들도 걸러 낼 수 있는 데다가 동시에 억울한 피해자들도 구제할 수 있었기에 보험사들은 곡소리를 내고 있었다.

"마이스터에서 보험사를 몇 군데 인수한다는 소리도 있던데?"

"한두 군데 정도 인수할 의사를 가지고 있다고는 합니다."

병신 짓을 해서 쌓인 게 이렇게 한꺼번에 터져서 그렇지, 사실 보험사는 무난하게 흑자를 보는 사업이다.

보험사에서는 매년 적자라고 징징거리지만, 애초에 어떤 사업이든 제대로 일을 못하면 적자를 보는 게 정상이다.

"그런데 그 이야기는 왜 하십니까? 이미 소송도 끝났고 정리되는 분위기일 텐데요."

물론 막대한 소송이 남아 있기는 하지만 그것까지 노형진이 신경 쓸 일은 아니다.

지금까지 떠먹여 줬으니 이제부터 챙겨 먹는 건 각자 알아서 할 일이다.

그런데 김성식의 입에서 생각지도 못한 말이 나왔다.

"역시 모르는 건가?"

"네?"

"자네가 모르다니 의외군."

"뭐가 있습니까?"

"미다스가 나타났다네."

'누가 나타났다고?'

노형진은 그 말을 이해하지 못하고 멍하니 김성식을 바라보았다.

왜냐하면 미다스는 자신이니까.

자신이 나타났다는데 정작 자신을 보는 김성식의 시선은 왜인지 차분했다.

"놀랐나? 하긴, 나도 놀랐지. 수년간 그렇게 철저하게 비밀주의를 유지하며 활동하던 사람이 나타났으니 말이야. 물론 지금도 비밀주의를 엄수하고 있어서 극히 일부만 아는 모양이지만."

"아니요. 잠깐 이해가 안 돼서 그럽니다. 미다스가 나타났다고 하셨습니까?"

"그래. 미다스가 은밀하게 움직이고 있다는 소문이야."

"왜요?"

"나야 모르지. 자네는 아는 게 있나? 자네가 대리인 아닌가?"

'나도 모르지.'

미다스가 은밀하게 움직인다는 소문은 들어 본 적도 없다. 애초에 들을 이유도 없고 말이다.

"보험사에서 미다스에게 붙어서 이번 손실에 대한 대출금을 메꿔 볼 생각인 것 같더군."

"미다스의 돈이라면 그러고도 남겠지만요. 하지만 그런 돈을 미다스가 대출해 줄까요? 미다스와 마이스터의 성향을 아시지 않습니까?"

"그러니까 어떻게 해서든 설득하려는 거겠지."

마이스터와 미다스는 자본주의를 부정하지는 않는다. 자

본주의가 없으면 세상이 굴러가지 않으니까.

하지만 선을 넘는 행위에 대해서는 아주 가차 없이 보복하는 성향이 있다.

"보험사는 분명 선을 넘었는데요."

상대방을 속이고 어떻게 해서든 보험금을 지급하지 않으려 했던 그들이다.

그런데 그런 그들을 마이스터와 미다스가 도와주려고 한다?

그건 생각하기 힘들다.

'내가 미쳤다고 도와줘?'

보험사를 인수할 생각을 하는 마이스터다. 당연히 지금 그들을 살려 줄 이유가 없다.

보험사가 위험해질수록 가격은 떨어질 테고, 어찌어찌 살아남아도 지급 능력이 떨어질 게 뻔하다.

당연히 마이스터가 인수한 보험사를 제외한 다른 곳들은 휘청거리다가 넘어가든가 인수당할 게 뻔한데, 가만히 있어도 매년 수백억 원대의 수익이 나는 사업이 굴러들어 오는데 왜 자신이 도와준단 말인가?

"그러니까 나도 잘 모르겠다는 거야. 소문일 뿐이니까."

"소문요?"

"그래, 제법 오래되었어. 미다스가 은밀하게 한국에서 활동하면서 아주 극히 일부와 접촉했다고 하더군."

"으음, 그런데 그게 어떻게 소문난 겁니까?"

"보험사가 워낙 다급하니까 여기저기에 도움을 요청한 모양이야. 그러다가 그런 정보를 얻은 모양이고."

그리고 그 정보가 김성식에게도 넘어온 것이리라.

김성식은 한때 한국 검찰의 핵심인 중앙수사본부의 부장이었으니까.

"극히 일부 정치인들과 재계 인사들만 관련 정보를 알고 있다고 하더군."

"그것뿐인가요?"

"나도 얻을 수 있는 건 딱 이 정도였다네."

김성식 정도의 사람도 정보를 얻지 못할 지경이라면 이건 진짜로 은밀하게 움직이는 거다.

"중요한 건 미다스가 한국에 있다는 거네. 그리고 소문이 사실이라면, 대리인인 자네에게도 비밀로 하고 움직이고 있다는 거지."

"저한테도 감추고 은밀하게 움직인다라……. 그러고 보니 요즘 이상한 게 있기는 하더군요."

"주변에서 은근히 우리한테 적대적으로 나오는 거 말이지?"

"네."

노형진은 공포라는 감정을 적극적으로 사용하는 사람이다.

착하게만 살아서는 안 된다는 걸 알기에, 한번 건드리면 죽을 때까지 조진다는 걸 적극적으로 어필해 왔다.

그래서 보통은 새론이나 노형진에게 이빨을 드러내는 경

우가 거의 없었다.

"그런데 최근에 우리한테 불만을 대놓고 이야기하거나 슬 슬 우리 신경을 긁는 놈들이 있기는 하지."

대표적인 예가 바로 언론사다.

한참 두들겨 맞은 언론계가 최근 들어 새론에 적대적인 포 지션을 취하고 있다.

하지만 아직까지는 합법적이고 정상적인 반론의 영역에 있기에 새론에서는 지켜보고만 있었다.

"하지만 자네도 알지? 대한민국의 언론은 누구보다 기회 주의적이지."

권력을 쥔 자에게는 찬양가를 부르고, 조금이라도 자신들 의 이권을 건드리려 하는 놈은 말려 죽이려고 발악한다.

당장 일제강점기에 '천황 폐하 만세!'라고 외친 것과 6.25 때 '김일성 수령 동지 만세!'라고 외친 것, 독재 시절 '오늘 전 환우 대통령 각하께서는!'이라고 외친 것, 그리고 얼마 전 '홍 안수 대통령의 구국의 결단!'이라고 외친 것만 봐도 모두 한 결같다는 걸 알 수 있다.

"그런데 그런 놈들이 우리한테 슬슬 이빨을 드러내면서 간 을 보고 있단 말이지. 그게 뭘 의미하겠나?"

"믿는 구석이 있다 이거군요."

새론과 노형진이 정당한 문제 제기를 막지 않는 건 둘째 치고, 한국의 언론은 권력자에게 절대로 이빨을 드러내지 않는다.

그들이 이빨을 드러내는 경우는 단 하나, 믿을 만한 뒷배가 있어서 저 녀석이랑 해볼 만하다는 느낌이 들 때다.

"그리고 언론뿐만 아니라 다른 곳도 슬슬 비슷한 모습을 보인다 이거지."

"흠, 그러니까 미다스가 몰래 나타나 움직이니까 우리랑 손절 칠 거라고 생각하는 모양이네요?"

"그런 것 같더군. 그래서 물어보는 거야, 자네가 아는 게 있나."

"일단 아는 건 없고요."

노형진 본인이 미다스인데 자신도 몰래 자신이 움직이는 게 말이 된단 말인가?

"참 궁금하네요."

"뭐가?"

"그 미다스가 누구인지 말입니다."

노형진은 그렇게 말하면서 씩 하고 웃었다.

"꼭 한번 만나 보고 싶습니다, 후후후."

⚖

노형진은 소위 미다스라고 주장하는 놈이 누군지 한번 찾아보기로 했다.

물론 그냥 직접 나서서 '자칭 미다스라고 주장하는 사람이 있는데 미다스와는 아무런 관련이 없다.'라고 말하기만 하면 쉽게 해결할 수 있지만, 그럴 생각은 없었다.

왜냐하면 지금 자신이 미다스라고 주장하는 자는 어떠한 이득을 목적으로 범죄를 저지르려 할 가능성이 높으니까.

만일 여기서 미다스가 아니라고 선을 그으면 그놈은 범죄를 저지르지는 못하겠지만 동시에 처벌도 받지 않을 가능성이 크다.

그래서 자신이 미다스라는 사실을 알고 있는 한국인으로서는 유이한 사람, 바로 송정한에게 찾아갔다.

이제는 국회의원이 된 그는 정치권에 대해 잘 알고 있었다.

"가짜 미다스?"

"네. 혹시 아시는 거 있습니까?"

"딱히 없는데."

"그래요? 요즘 자칭 미다스라는 놈이 돌아다닌다고 하던데요."

"글쎄. 그에 대해서는 모르겠군."

송정한은 턱을 만지작거리면 곰곰이 기억을 더듬었다.

하지만 아무리 생각해도 그가 아는 한 자칭 미다스라는 놈은 들어 본 적이 없었다.

"아무래도 송 의원님은 피하는 모양이군요."

"그런 것도 있겠지. 자네 말대로 진짜 누군가가 미다스를 사칭하고 있다면 말이야."

그렇다면 자신의 정체를 알아챌 수 있는 사람은 피하려고
할 거다.

그리고 새론은 미다스에게 직접 투자를 부탁할 정도로 친
밀하니, 새론과 새론의 전 대표였던 송정한은 분명 가장 우
선적으로 피하고자 하는 대상일 거다.

"미다스라는 이름을 사칭하고 다닌다니 기가 막히는군.
그 이름이 가지는 파괴력과 힘을 몰라서 그러는 걸까?"

"그럴 수도 있겠지만, 제가 봐서는 모르지는 않을 것 같습니
다. 하지만 그 이상의 이득을 노릴 수 있다고 생각하는 거겠
죠. 어차피 미다스는 실제로 전면에 나설 일이 없으니까요."

"어째서?"

"미다스라는 존재가 어떤 존재든 간에 설마 청바지에 티셔츠
입고 슬리퍼 질질 끌고 다니는 그런 존재는 아닐 테니까요."

"하긴, 자네가 의심에서 벗어나는 가장 큰 이유이기도 하
니까."

미다스는 전 세계에서 가장 돈이 많은 개인이다.

물론 돈이 많은 사람은 많다.

미국에는 수백조 원대의 자산을 가지고 있는 사람도 있고
이슬람의 왕이나 왕세자들은 기본적으로 매년 수십조 원의
개인적인 수익을 벌어들이고 있기 때문에 자산으로만 본다
면 분명 노형진이 질 수밖에 없다.

하지만 순수하게 개인의 능력으로만 번 돈이라는 조건을 건다면 미다스가 전 세계에서 가장 유명한 투자자이자 부자일 수밖에 없다.

"자신을 꾸미고 다니는 데에만 해도 수십억은 들어갈 겁니다."

어설프게 미다스라고 주장하면서 흔한 수입차를 끌고 다니거나 널리 알려진 명품을 들고 다닌다면 그건 미다스가 아니라는 반증이라고 볼 수 있을 거다.

"그건 그렇지."

사람들이 좋아하는 명품은 많지만 사실 명품 위에 명품이라는 말이 있듯이 급이 다른 명품이 따로 있다.

예를 들어 일반 사람들은 수천만 원짜리 시계를 명품으로 인식하고 열광하지만, 부자들은 시계 중에 수십억짜리도 존재한다는 걸 알기에 그 정도 가격의 시계는 명품으로 인정하지 않는다.

어느 정도 급이 되는 부자들에게 수천만 원짜리 시계는 의미가 없으니까.

당연하게도 그런 명품은 철저하게 수작업에 주문 제작에 홍보도 안 하기 때문에 사람들은 그 존재조차 모르는 경우가 많다.

당장 사람들에게는 명품이라고 인식되는 페레라모라는 브랜드는 이제 제작 공장이 중국으로 넘어가서 흔하게 들고 다니는 명품 취급을 받고 있지만 사실상 급이 떨어진다는 이미

지가 있는 반면, 에르메인이라는 브랜드는 여전히 철저한 프랑스 현지 수제작만 고집하고 있어서 부자들 사이에서는 명품 위의 명품으로 인식된다.

"그런 건 짝퉁으로 커버할 수 있는 영역이 아니니까요."

짝퉁은 기본적으로 어느 정도 고정 소비층이 있어야 소비된다.

그런데 그런 브랜드에 대해 아는 사람이 전혀 없다면 누가 소비하겠는가?

더군다나 어느 정도 자기가 들고 다닐 만한 급이 되어야 속이지, 일반인이 30억짜리 시계를 차고 다닌다는 말에 속을 사람은 거의 없을 거다.

"즉, 속이기 위해서는 돈이 들어간다 이건데."

"어떤 목적이 있다는 거죠. 그렇지 않으면 상대방을 속일 이유도 없고요."

미다스라는 이름은 양날의 검이다.

유명하고 세계 최고의 재력을 가졌다는 소문에 얽혀 있지만 동시에 은근히 전 세계에 적을 만들어 둔 사람이기도 하다.

"위험한 게임을 해 보겠다 이거군."

"하이 리스크 하이 리턴 아니겠습니까? 미다스라는 이름으로 사기에 성공하면 수십조 단위의 사기가 가능할 겁니다."

그랬기에 노형진은 단순히 부정함으로써 쉽게 그놈이 도망가게 해 줄 생각이 없었다.

"자네 생각은 알겠네. 좀 알아보도록 하지. 그런데 진짜로 내게는 들어온 정보가 없는데?"

"그것만으로도 충분합니다."

그 말은 상대방이 지극히 조심스럽게 움직이고 있다는 뜻이기도 하다.

그런 놈은 섣불리 건드렸다가는 도리어 놓쳐 버릴 가능성만 커진다.

"아무래도 오광훈에게 가야 할 것 같네요."

"오광훈 검사? 그라고 뭔가 알까?"

"그는 몰라도 그 뒤에 있는 사람들은 좀 알 것 같아서요."

노형진은 씩 웃으며 말했다.

"누구? 미다스?"

"응."

"나야 모르지."

"너, 공안 검사 된 거 아냐?"

"공안 검사가 된 건 사실이지. 귀찮지만."

오광훈은 귀찮다는 듯 머리를 북북 긁었다.

공안 검사는 대놓고 공안 검사라고 발령받지 않는다. 그저 위에서 그에게 공안 사건을 맡길 뿐이다.

그리고 오광훈은 얼마 전 본의 아니게 공안 검사가 되었다.

국정원이 갈가리 찢어지고 조사가 이루어지면서 국정원과 관련된 공안 검사들이나 공안 판사들에 대해서도 조사가 시작되었는데, 멀쩡한 놈들이 없었기 때문이다.

그놈들은 입을 닥치는 조건으로 조용히 빠져나가는 데 성공하기는 했지만 완전히 뭉개진 시스템을 살릴 수 있는 사람이 필요했던 국정원은 오광훈을 비롯한 일부 투명한 검사들을 다급하게 공안 검사로 결정했다.

"국정원에서는 아무런 말도 없어?"

"뭐가 있겠냐? 지금 국정원이 걸레짝 된 건 네가 가장 잘 알잖아."

"하긴. 아직도 정리 못 했지?"

"정리가 되겠냐? 너 때문에 내부 감시 시스템이 거의 박살난 상황이더라."

청와대에서는 이번 기회에 아예 국정원을 싹 다 물갈이할 생각이었다.

수십 년간 특정 정당에 충성하는 걸 전문가의 영역이라는 부분 때문에 참고 있었지만 이제는 그 전문가의 영역이라는 것도 아득하게 넘어 버릴 정도로 초대형 사고를 쳤고, 조사 결과 주요 해외 라인은 사실상 말살된 것이나 다름없다는 사실에 충격을 받았기 때문이다.

"전이라면 모르겠지만, 현재 국정원은 그런 자세한 정보는 얻기 힘들지 싶다."

"그렇단 말이지?"

'하긴, 진짜 누군가가 미다스를 사칭하고 다닌다면 더더욱 그렇겠지.'

미다스를 사칭하는 놈이 누군지는 모르지만 극도로 조심하는 모습을 보이고 있는 건 사실이다. 그런 놈이 정보가 새어 나갈 곳을 만들어 둘 리가 없다.

'이거 생각보다 본격적인데?'

그를 사칭하는 놈들이 누군지는 모르겠지만 아무리 개판이 되었다곤 하나 국정원의 감시를 피하는 것은 절대로 쉬운 일이 아니다.

"왜, 누가 자칭 미다스라고 주장하고 다닌대?"

"그런 소문이 있어."

"그런데 그런 데 신경 쓸 이유가 있어?"

"안 쓸 수도 없지. 만일 미다스라는 이름으로 사기를 친다고 해 봐. 그러면 어떤 일이 벌어지겠어?"

잠시 생각에 잠겼던 오광훈은 고개를 절레절레 저었다.

"……하긴, 그러면 그 피해액이 진짜 어마어마하겠네."

"그래. 그래서 상대방을 확인하려고 하는데 정보가 없어."

"다른 국회의원들에게 물어보는 게 어때?"

"그런 방법도 생각해 봤는데 그 정보를 줄 만한 사람이 없어."

"응? 그게 무슨 소리야?"

"송 의원님도 모르더라고. 그러니까 사실을 확인해 줄 수 있는 사람은 극도로 피한다는 소리거든."

그리고 그건 자신의 정보를 흘릴 만한 사람을 피하고 있다는 소리이기도 하다.

"중요한 정보일수록 사람은 그걸 감추려고 하지. 그리고 자기가 미다스를 안다는 정보의 가치는 얼마나 될까?"

"하긴, 그렇겠네."

그에게서 아주 작은 정보만이라도 얻을 수 있다면 어마어마한 돈을 버는 건 일도 아닐 테고, 그와 잘 붙어먹을 수만 있다면 한국의 경제를 지배하는 것도 꿈이 아닐 것이다.

그러니 그 사실을 외부에 흘리려고 하는 사람도 거의 없을 테고 말이다.

"내가 이 사실을 알게 된 것도 보험사에서 살려고 발악하다가 우연히 정보를 물었다고 한 거거든."

"보험사라고?"

"그래, 보험사 말이야. 너도 요즘 보험사들 상황이 아주 안 좋은 거 알고 있지?"

"알고 있지."

"그래서 보험사에서 미다스에게 도움을 받을 수 있을까 해서 접촉하려고 하는 모양이야. 너도 알겠지만 기업이라는 게 합법적으로 해결되지 않으면 최후의 방법으로 불법적인 방향으로 손을 내밀기 마련이거든."

지금 보험사들은 합법적인 방법으로는 현 상황을 벗어날 방법이 없다.

그래서 자신들을 도와줄 수 있는 사람들에게 막대한 뇌물을 뿌려 가면서 살려 달라고 읍소하는 상황이다.

미다스가 한국에 있다는 정보를 접한 것도 그 과정에서 일어난 일일 것이 뻔했다.

"아직 보험사들이 미다스에게 접촉하지는 못한 모양이지만."

"흠."

노형진의 말에 오광훈은 뭔가 고민하는 듯하더니 조심스럽게 물었다.

"미다스가 진짜라고 하면 위험한 거 아니야?"

오광훈은 노형진이 미다스라는 걸 모르기에 당연히 한 말이었다.

"진짜라면 그렇겠지. 하지만 진짜가 아니니까 내가 나서서 조사하는 거지."

"하긴, 넌 미다스의 대리인이니까, 직접 물어보면 되겠구나."

"그래. 그런데 한국 정치인이나 보험사들과 접촉한다는 계획은커녕 그럴 생각도 없대."

"그렇게 접근하는 사람이 있다면 그건 누굴까?"

"그러니까. 생각보다 꼭꼭 숨었네."

"일단 철수 요원한테 말해서 확인해 달라고 할게. 그런데 뭐가 나올지 모르겠네."

"일단 너도 조사 좀 해 봐."

노형진은 왠지 꺼림칙한 기분이 들었다.

⚖

"이 정도로 아무것도 없다고?"

처음에 시작할 때만 해도 가벼운 마음이었다.

그냥 자신의 이름을 빌려서 사기를 치는 놈이 있다면 혼쭐을 내 줄 생각으로 접근한 일이었다.

그런데 파고들수록 점점 이상하다는 생각이 들었다.

그럴 수밖에 없는 게, 흔적 자체가 없었던 것이다.

"이게 가능한가?"

정치권?

이해는 한다. 이권이 걸리면 어느 때보다 진중해지고 무거워지는 게 정치권이니까.

검찰과 국정원?

둘 다 지금 정신이 없는 상황이니까 이해한다.

하지만 다른 곳도 아닌 CIA가 아무것도 잡아내지 못했다.

이건 생각보다 심각하게 받아들여질 수밖에 없는 일이었다.

더군다나 CIA는 노형진과 일종의 공생 관계다.

그들은 노형진을 보호하고 그가 미다스라는 정보를 은닉

해 주는 대신에 그에게서 나오는 투자 정보를 이용해 활동 자금을 확보하고 있었기 때문이다.

물론 CIA가 진짜 믿을 만한 동맹이라는 뜻은 아니다.

애초에 정보 조직은 믿을 만한 조직이 아니다.

하지만 최소한 그런 걸 가지고 거짓말했다가는 노형진이 묵인하는 투자 정보 유출이 당장 끊어질 거라는 것 정도는 알 테고, 그러면 당장 CIA에서 하는 비밀 작전들과 시스템이 멈출 상황이라는 걸 예상하는 건 어렵지 않기에 최소한 사기꾼을 위해 거짓말을 할 이유는 없었다.

"미다스의 등장이 확실한 소문인가요?"

오죽하면 노형진조차도 김성식에게 확인하듯 물어볼 정도였다.

"글쎄, 확실한 정보임을 판단하기 위한 기준을 어떻게 잡을지에 따라 다르겠지. 가령 누군가가 '내가 미다스다.'라며 사칭하고 다닌다는 소문이 있느냐고 묻는다면 아니라고 하겠지만 '누군가가 미다스를 만났다.'라는 소문은 확실히 존재한다네."

"애매하군요."

단순하기에 무시해도 될 것 같기도 하지만 그렇다고 완전히 무시할 수는 없는 노릇.

"만일 사칭이라면 더더욱 자신을 감추려고 하겠지."

"그런데 보험사 측은 어떻습니까?"

"가짜 미다스에게 어떻게 해서든 접촉하려 하지만 계속 불발되는 모양이야."

"불발요?"

"그래. 솔직히 보험사가 미다스를 만나서 뭐라고 하겠는가? 도와 달라고 징징거리는 것 말고는 할 게 없지. 자네 말대로라면 굳이 만날 이유도 없고."

"하긴, 그건 그렇지요."

누군가가 사칭하는 게 사실이라면 보험사를 도와줄 방법은 없다.

진짜 미다스라면 직접 돈을 빌려주거나 마이스터를 통해 투자하도록 해서 상황을 어느 정도 해결할 방법이 있겠지만, 진짜 미다스가 아니라면 거절해 봐야 적만 생기는 거니 애초부터 만날 이유가 없다.

"더군다나 마이스터가 매물로 나온 보험사들의 사옥을 인수했다면서?"

"정확하게는 인수를 위한 거래 중입니다. 그쪽에서는 앞으로 20년간 사용을 보장해 달라는 입장이라서요."

물론 노형진은 그걸 보장해 줄 생각이 없다.

그가 거절하면 다른 누군가가 그 조건을 받아들여서 인수할 수도 있지만, 사실 그럴 가능성은 그다지 높지 않다.

보험사들의 사옥은 한국의 핵심적인 위치에 있는데, 그런 곳에 있는 건물을 시기에 맞춰서 월세를 올리기는커녕 정해진 가격에 20년간 쓰겠다는 건 사실상 말도 안 되는 조건이기 때문이다.

건물의 가격만 해도 20년 전과 어마어마하게 차이 나니 당연히 임대료도 20년 전과 수십 배 차이가 난다.

그런데 보험사는 20년간 자기들이 정한 임대료만 내면서 사용하는 걸 용납하는 조건으로 사옥을 내놨으니 누구도 쉽게 매물에 접근할 리가 없다.

"하지만 미다스가 산다면 그런 조건이 가능할지도 모르죠."

정작 노형진은 그런 조건을 받아 줄 생각이 없지만.

"그런 걸로 협상하려 들 수도 있으니까 자기들의 신분을 감추고 싶은 놈들 입장에서는 절대로 접촉하지 않겠군."

절대 불가능하니까.

"그래도 여전히 이해가 되지 않는 부분은 많습니다."

"뭐가?"

"이 정도로 자신의 신분을 감추는 게 가능하느냐는 거죠."

다른 곳도 아닌 CIA다.

물론 그들이 모든 사람들을 감청하거나 감시하는 것은 아니지만 미다스에 관한 건은 계속해서 작전을 짜서 조작하고 은닉하고 또 허위 사실을 유포하는 중이다.

즉, 계속해서 진행되는 작전이라는 거고, 그 작전과 관련된 자료를 계속 모으고 있다는 의미이기도 하다.

"CIA 말로는 전문가의 냄새가 난다고 하더군요."

"전문가의 냄새?"

"네. 누군가 정보를 컨트롤하고 있는 느낌이라는 거죠."

영원한 비밀이라는 건 없다. 왜냐하면 그러기 위해서는 누구도 몰라야 하기 때문이다.

"하지만 미다스를 사칭한다는 것은 결과적으로 큰 사기를 치기 위한 하나의 과정입니다. 그런데 그런 사기를 치기 위해서는 다수의 사람들을 만나고 접촉해야 하죠. 사기라는 범죄의 특징을 아시지 않습니까?"

"하긴, 그건 그렇지."

다른 범죄와 다르게 특정 대상을 정하고 들어가지 않는, 불특정 다수를 대상으로 한 범죄이다.

물론 한 사람을 속여서 돈을 뜯어내는 경우라면 특정하고 들어가겠지만, 그렇지 않은 경우에는 불특정 다수가 표적이 된다.

대표적인 예가 폰지 사기 같은 거다.

그런 건 기본적으로 불특정 다수의 사람들을 속여서 돈을 뜯어내는 거다.

실제로 범인이 수조 원대의 사기를 치고 중국으로 도피한 사건이 있는데, 피해자가 수천을 넘어 만 단위라는 이야기도 있었다.

"현실적으로 보면 그런 방식의 접근은 정보의 통제에 한계가 명확하거든요."

"하긴. 그러면 어디서든 정보가 새어 나갔어야 하는데 말이지."

"그러니까요. 그래서 이해가 되지 않는 겁니다."

사기를 치는 목적이 뭔가? 돈이다.

더군다나 미다스를 사칭하기 위해 들어가는 돈을 생각하면 그보다 많은 돈을 버는 게 목적일 수밖에 없다.

당연하게도 그러기 위해서는 더 많은 피해자를 만들어 내는 편이 유리하다. 그래야 돈도 더 많이 벌 수 있으니까.

"확실히 이상하기는 하군……."

김성식도 고개를 주억거렸다.

그도 검사로 활동하면서 많은 사건을 봐 왔고 그중에는 사기 사건도 있었다.

처음부터 중앙수사본부의 부장이었던 건 아니니까.

그리고 사기의 목적성은 결국 돈이다.

"생각할수록 말이 안 되는데?"

노형진의 말을 들으면서 김성식은 이번 일이 다른 사건과 다르다고 느꼈다.

"더군다나 수사하기도 애매하죠."

"그것도 그렇지."

가장 큰 문제는 누군가 사칭한다는 소문과 별개로 그가 위법행위를 저질렀다는 소문이 전혀 없다는 거다.

돈을 빼돌린다거나 투자해 준다고 하지는 않았다는 것.

"애초에 미다스가 대신 투자해 준다고 하면 누가 그걸 믿겠습니까?"

"하기야 그것도 그렇군."

새론이야 노형진이라는 존재가 있으니 대신 투자해 준다는 정보가 믿을 만하고 또 실제로 그런 방식으로 실력이 좋은 변호사들을 영입하고 있지만, 아무것도 모르는 사람들에게 '내가 대신 투자해 줄게. 돈 좀 줘.'라며 접근하는 건 말이 안 되는 소리다.

실제로 그런 식으로 자칭 투자자 노릇을 하며 설레발치면서 다니는 사기꾼들도 엄청나게 많으니까.

"더군다나 소문으로는 윗선만 접촉하고 있다는 건데, 윗선이라면 정보력이 제법 될 텐데요."

상대방을 직접 만난 극소수의 사람이라면 상대방이 누군지 충분히 알아볼 능력이 된다.

진짜 범죄자를 잡을 여력은 없어도 윗선을 위해서라면 얼마든지 누군가를 뒷조사해 줄 수 있는 조직이 경찰이니까.

"그러니까 결과적으로 사칭으로 인한 실익이 전혀 없다는 소리군."

"맞습니다."

"우리가 모르는 뭔가가 이루어지고 있다고 보나?"

"그럴 수도 있습니다만……."

노형진은 턱을 문질렀다.

"일단은 좀 더 알아봐야 할 것 같습니다. 단시간 내에 추적이 가능할 것 같지는 않군요."

심각한 일이었기에 노형진은 눈을 찡그렸다.

"후우~."

입김이 하늘로 퍼지고 서늘한 공기가 세상을 감싼다.

한 해의 마지막. 그 순간에도 노형진은 심각한 기분을 감출 수가 없었다.

"오빠, 무슨 걱정이 있어?"

"아니, 좀 그런 게 있어."

"오빠가 걱정을 다 하다니 특이한 일이네? 오빠를 걱정하게 만들 정도의 능력을 가진 놈이 있다는 게 신기하다."

서세영은 말도 안 된다는 듯 피식 웃었다.

"뭐, 걱정하지 마. 잘 해결될 거야. 누가 오빠를 건드려?"

"그러게. 그게 문제네."

하지만 서세영의 생각과 다르게 이번 문제는 생각보다 심각했다.

'이 정도로 철저하게 자신을 감춘다고?'

지난 몇 달간 노형진은 자신을 사칭하는 놈들을 찾기 위해 계속해서 조사하고 있었다.

그런데 나오는 게 없었다.

진짜로 아무것도 없었다.

누구 하나 자칭 미다스를 만났다는 놈도, 심지어 미다스를 대리했다는 놈도 없다.

그렇다고 해서 이게 헛소문이라고 볼 수도 없는 게, 대놓고 적대적으로 행동하는 놈들이 하나둘 슬금슬금 나타나고 있다는 것이었다.

새론과 노형진에게 겁먹고 찍소리도 못 하던 놈들이 고개를 쳐드는 거야 그럴 수 있다. 영원히 아래에 깔려 있을 놈들은 아니니까.

하지만 슬금슬금 눈치를 보는 것과 대놓고 반발하는 건 전혀 다르다.

"이런 소리까지 하는 걸 보면 분명히 믿는 구석이 있다는 건데."

### 새론 공화국, 과연 정상인가

한 해의 마지막에 갑자기 터진 뉴스였다.

새론의 파괴력이 얼마나 강한지 한국이 '새론 공화국'이며 사실상 새론의 지배를 받는다는 소리였다.

"노 변호사님, 대표님이 찾으십니다."

"네, 알겠습니다."

그렇잖아도 그 소식을 들은 건지 회의실로 모이라는 연락을 받았기에, 오늘 조간신문을 보면서 눈을 찡그리던 노형진은 서둘러서 회의실로 향했다.

그가 회의실에 들어가자 모여 있던 주요 변호사들은 심각한 얼굴로 회의를 시작했다.

"한 곳도 아니고 여러 곳에서 동시에 비슷한 논조로 이야기가 튀어나온 걸 보면 어떤 교감이 있었다고밖에 볼 수 없겠지."

"확실합니다. 이게 도대체 무슨 개소리랍니까? 우리랑 전쟁하고 싶다는 겁니까?"

"이미 언론과 전쟁 중인 것 같은데요?"

김성식의 말에 무태식과 고연미 변호사가 분노해서 말했다.

"누가 보면 우리가 법률계 전반을 좌지우지하던 과거의 청계처럼 행동하는 줄 알겠습니다."

"그러니까요."

물론 새론의 규모가 작은 건 아니다. 그건 노형진도 안다.

하지만 그렇다고 해서 새론이 과거의 청계와 같은 곳인 것은 아니다.

청계는 적극적으로 위법을 행사하면서 범죄를 설계해 주고 그걸 약점으로 잡아 행동했지만, 새론은 상대방이 위법한 행위를 하는 경우에만 반격하니까.

노형진의 경우는 상황에 따라서는 선공하기도 하지만 대

부분 상대방이 먼저 선을 넘었을 때였다.

"노 변호사, 어떻게 생각해? 우연일까, 아니면 목적이 있는 걸까?"

"아마 후자일 겁니다. 다음 대선에 대비해 우리의 힘을 빼고자 하는 것도 있겠지요."

"하긴, 그럴 수도 있겠군."

내후년이면 대선이 있고 그 대선에서 가장 가능성이 높은 후보 중 한 명이 바로 송정한이다.

그리고 기득권층에게 있어 송정한의 대통령 취임은 피하고 싶은 악몽이다.

송정한은 다른 정치인들과 다르게 적당하게 타협할 사람도 아닐뿐더러, 정치적 기반이 없어서 식물 대통령이 될 사람도 아니기 때문이다.

송정한의 뒤에는 새론과 미다스 그리고 마이스터, 심지어 대룡까지 있고, 그 정도 힘이면 나라를 뒤집고 기득권층이 가진 부당한 권력을 박탈하는 데 부족함이 없다.

그러니 이를 막기 위해 행동에 나선 것이라면 이해는 된다.

다만, 선거는 아직도 멀었고 당장 새론의 힘이 약해진 것도 아니다.

내후년에 있을 선거 전, 내년 1년이면 새론이 반격을 할 만한 충분한 시간적 여유가 있는 셈이다.

"뭔 생각일까요?"

고연미 변호사도 이해가 되지 않는다는 듯 물었다.

누가 봐도 상식적으로, 이런 이슈는 선거 직전에 터트리는 게 좋다. 그래야 상대방이 반격하지 못하고 그대로 당하기 때문이다.

"우리를 노리는 게 아니라는 건데……."

김성식은 이해가 되지 않는다는 듯 말했다.

"우리가 지금 막대한 수익을 내는 걸 모를 리가 없을 텐데?"

아무도 모르는 상황.

그 상황에서 노형진은 문득 드는 생각이 있었다.

"오늘 자 신문을 혹시 가지고 온 분 계십니까?"

"오늘 자 신문?"

"그건 왜?"

지금 이 뉴스는 다들 인터넷으로 확인한 거라 어리둥절한 얼굴로 물었다.

"언론사는 바보가 아닙니다. 선공하면 우리가 보복할 거라는 걸 알 겁니다. 실제로 그래 왔으니까요."

"그러니까 이해가 되지 않는다는 거 아닌가?"

"그 말은, 우리의 반격을 이겨 낼 정도로 힘이 있는 누군가가 있다는 거죠. 그리고 그런 힘은 결국 돈에서 나옵니다. 언론사의 돈은 광고에서 나오고요."

"아하!"

자신의 힘을 보여 주면서 언론사를 밀어주기 위해서는 그에 상응하는 대가를 줘야 한다.

당장 대기업이 언론사들을 길들이는 방법이 뭔가? 바로 광고다.

실제로 노형진은 과거에 언론사의 광고를 통제하는 방법으로 혼쭐을 내 준 적이 있었다.

"하긴, 대기업들이 가지는 힘이 바로 광고지."

모 대기업에 대해 신랄하게 까던 언론사도, 그 대기업이 광고를 줄이고 두 달도 채 되지 않아 해당 대기업을 물고 빨고 난리도 아니었다.

심지어 양심적인 언론인이라고 불리며 대기업과 싸웠던 기자도 어느 순간 해당 기업의 대표에게 180도로 고개를 숙이면서 그가 던져 주는 가방을 받아 주는 가방 셔틀이 되었다.

그게 다 광고와 돈의 힘이다.

"실제로 새론과 마이스터의 힘은 돈이니까요."

"대체재가 있을 거다 이거군."

"맞습니다."

"하지만 들어가는 광고가 한두 개가 아닐 텐데요."

"일단은 확인해 봐야지요. 느낌이 오는 게 있어서 그럽니다."

"느낌?"

"네."

"일단 신문부터 확인해 보지."

김성식도 노형진의 말이 맞다고 생각한 건지 오늘 자 신문을 가지고 오라는 지시를 했다.

새론은 공정한 시선을 위해 입장과 상관없이 모든 신문을 받아서 보고 있기 때문에 모든 신문을 가져오는 건 어렵지 않았다.

이윽고 신문을 하나씩 맡아 살펴보기 시작한 회의실 안의 변호사들.

그러나 시간이 흘러도 그들의 얼굴에서 의문은 사라지지 않았다.

"이상한 점은 없는 것 같은데요."

"뭐가 바뀌었는지 모르겠어요."

무태식과 고연미 변호사도 고개를 갸웃했다.

그때 신문을 한 장씩 넘기던 노형진이 돌연 눈을 빛냈다.

그에게는 갑자기 늘어난 광고의 특징이 확실하게 보였던 것이다.

"중국 광고가 엄청 늘었네요."

"응? 중국 광고?"

"네, 보세요."

"그러고 보니 그렇군."

뜬금없이 중국에서 들어오는 광고가 늘었다.

물론 중국이 경제 대국이라는 건 인정해야 한다.

노형진과 코델09바이러스 때문에 힘이 빠졌다지만 중국은 그 정도 일로 넘어갈 만큼 힘이 없는 나라가 아니다.

비록 지금은 중국에 백신을 맞은 사람이 없어서 코델09바이러스가 극단적으로 활개 치고 있지만 말이다.

"그런데 한국에까지 광고할 여유가 있을까요?"

"이해가 안 가는군."

"더군다나 광고를 보세요. 백신 광고잖습니까?"

미다스의 이름으로 개발한 코델09바이러스 백신의 우선 공급 국가 중 중국은 빠져 있었다.

노형진이 중국을 백신 공급 대상에서 제외한 게 아니라 중국이 자체적으로 백신을 개발해서 공급하고 있는 터라 외부의 백신 공급을 거절하고 있기 때문이다.

원래 역사와 다르게 전 세계에 공급되는 코델09바이러스 백신의 80% 이상을 미다스가 개발한 백신이 차지하고 있었다.

일단 가장 오래 연구한 데다 그 덕분에 부작용도 없고 효과도 가장 뛰어나니까.

중국과 러시아 같은 사실상 독재국가를 제외하고는 그야말로 전 세계가 미다스가 개발한 코델09바이러스 백신을 쓰고 있는 상황이다.

당연히 한국도 마이스터에서 개발한 백신, 정확하게는 라이프가드 백신의 주요 공급처다.

"한국의 누가 중국산 백신을 씁니까?"

아무도 안 쓴다.

심지어 중국인조차도 중국산 백신을 쓰느니 죽어도 라이

프가드 백신을 맞겠다고 하는 상황이다.

"하긴, 한국에 중국산 백신은 수입도 안 될걸."

그런데 왜 갑자기 중국산 백신을 홍보한단 말인가?

"그러고 보니 그러네요. 이상하기는 하네."

백신만이 아니다.

중국산 차량이나 컵라면 등의 광고가 엄청나게 늘어났다.

무심하게 넘어간다면 얼마든지 그럴 수 있는 게 바로 광고다.

당장 다른 변호사들이 바로 이상한 점을 알아채지 못한 것처럼 말이다.

"중국의 화신자동차도 광고를 하네요. 그것도 전면 광고를."

분명 중국의 화신자동차는 한국에서 영업 중인 회사다.

하지만 판매량은 그다지 좋지 않다.

그럴 수밖에 없는 게, 아직 중국산을 믿고 구입하는 사람이 많지 않기 때문이다.

물론 판매량이 적은데 광고를 한다는 게 이상한 일은 아니다.

판매량이 적으니까 도리어 광고하는 곳도 있기 마련이다.

그래야 인지도를 높이고 판매량을 늘릴 수 있으니까.

하지만 사람들이 거의 먹지 않는 중국산 컵라면 같은 물건은 취향에 따른 호불호가 심하기 때문에 광고한다 해도 판매량이 늘어날 가능성은 그리 높지 않다.

"중국에서 광고를 넣어 준다고?"

김성식은 전반적인 상황을 보면서도 이해가 되지 않아 고개를 갸웃했다.

"그러니까, 언론사가 믿는 게 중국이라 이건가? 여전히 이해가 안 가는데. 물론 그럴 수도 있겠지만 말이지."

"중국에서 왜 한국의 언론사를 밀어주죠? 내정간섭이 목적인가요?"

그렇게 묻는 고연미 변호사는 의문이 해소되지 않아 갑갑한 모습이었다.

"뭐, 그럴 수도 있지요. 중국에서 돈으로 한 나라에 내정간섭을 하는 경우는 많지 않습니까?"

실제로 다른 나라의 정치인들에게 뇌물과 여자로 미친 듯이 로비하는 게 중국이고, 그런 로비의 결과 수많은 나라의 정치인들이 중국을 찬양하고 물고 빤다.

"하지만 그들은 직접적으로 돈을 주는 걸 선호하지, 이런 식으로 처리하는 걸 선호하지는 않습니다."

"아무래도 지역과 상황에 따라 다르겠지요. 사실 한국에서 그런 식으로 뇌물을 받았다가는 진짜 까딱 잘못하면 영혼까지 털리니까요."

물론 전이라면 문제가 되지 않았을 거다.

실제로 몇 년 전까지만 해도 그런 식으로 중국이나 일본에서 막대한 뇌물을 받고 물고 빠는 놈들이 넘쳐 났다.

하지만 노형진이 그런 놈들을 대대적으로 박멸한 덕에 이제는 그 짓을 못 한다.

"중국에서 돈을 이용해서 한 지역을 지배하는 건 흔한 일이기는 한데……."

김성식이 고민하는 와중에 노형진이 생각지도 못한 말을 했다.

"그보다 더한 것일 수도 있습니다."

"그보다 더한 거라고?"

"네. 문득 드는 생각입니다만, 이게 가짜 미다스와 관련이 있을 수도 있겠다 싶습니다."

"가짜 미다스?"

"그게 뭔가요?"

"가짜 미다스라니? 무슨 일이 있나요?"

노형진의 말에 김성식은 흠칫했고, 사정을 모르는 무태식과 고연미는 깜짝 놀라서 물었다.

두 사람도 미다스에 대해서는 알고 있으니까.

"사실은 자칭 미다스라는 놈이 있다고 합니다."

"자칭 미다스라고요?"

노형진은 두 사람에게 몇 달 전 벌어진 상황을 설명해 줬다.

설명을 들은 두 사람은 황당하다는 얼굴이 되었다.

"그런데 아직도 못 잡았다고요?"

"네. 심지어 국정원이나 검찰도 아직 흔적을 못 찾고 있다고 하더군요."

"네?"

"그래서 더 의심하는 겁니다."

CIA의 말로는 분명 전문가의 영역에서 뭔가 이루어지고 있다고 했다.

아무리 사기꾼이 능력이 좋다고 해도 결국 민간인이니, 검찰과 국정원에서 작심하고 뒤를 캐기 시작하면 벗어날 수 없다.

미다스라는 이름은, 실제 미다스든 아니든 가능성만 있다면 전 세계 정보 단체가 달라붙을 정도의 무게를 지닌다.

그런데 한국에서 활동하는데 국정원도 찾지 못한다?

"그건 비정상적이죠."

"설마 노 변호사님은 이런 중국 광고의 등장이 그 가짜 미다스와 관련되어 있다고 생각하시는 건가요?"

"그럴 가능성이 높다고 생각합니다."

"너무 억측 아닐까? 미다스 사칭의 목적은 사기 아닌가?"

그 말에 노형진은 고개를 흔들었다.

사실 노형진도 처음에는 사기일 거라 생각했다.

하지만 그런 것치고는 너무 이상한 게 많았고, 결정적으로 이번 사건은 분명 개인의 영역에서 처리할 수 있는 게 아니었다.

"사기가 아니라고 하면 이야기는 달라집니다."

"사기가 아니라고?"

"네."

"그러면 무슨 목적이 있다는 거죠? 아무런 이득도 없이 사칭할 이유는 없을 것 같은데요."

그 말에 노형진은 자신이 의심하게 된 이유를 말해 줬다.

만일 언론에서 이런 식으로 반응하지 않았다면, 어쩌면 노형진도 의심하지 않았을 거다.

하지만 언론에서 반응했고, 또 그를 보조하듯이 갑자기 언론계에 중국산의 광고가 늘어난 것은 노형진이 추측한 가능성에 대한 충분한 근거가 되었다.

"투자를 사기라고 하는 경우는 없죠."

"그게 뭔 소리인가?"

"미다스가 중국인이라는 가정을 하면 어떨까요?"

"뭐?"

그 말에 다들 어리둥절한 얼굴이 되었다.

그건 진짜 금시초문이니까.

"미다스는 한국인 아닙니까?"

"한국인일 가능성이 높다는 거지, 한국인이라는 증거는 없습니다. 돈에는 국적이 없으니까요."

"그건 그렇긴 한데……."

"그런데 미다스가 중국에 대대적으로 투자하면서 앞으로 중국이 성장할 거라고 하면 어찌 될까요?"

그 말을 들은 김성식은 빠르게 노형진이 말하는 게 뭔지 알아차렸다.

"돈이 목적이지만 돈이 목적이 아니라 이거군."

"맞습니다. 미다스니까요."

미다스가 누군가?

불패의 투자 전문가, 전 세계에서 가장 성공한 투자자이다.

그래서 그가 투자한다는 소문만 돌아도 투자자들이 몰려드는 지경이 되었다.

실제로 미다스는 개인이 하는 투자와 마이스터를 통해서 하는 투자를 구분해서 운영한다.

마이스터는 각 분야의 전문가들이 투자하지만 실패 기록이 있다.

하지만 미다스는 공식적으로 자신이 원하면 실패하지 않는다는 소문이 돈다.

실패한 기록이 없는 건 아니지만, 그런 경우는 결국 일종의 보복이거나 상대방을 공격하기 위한 수단인 경우가 많았기 때문이다.

"어? 그러면?"

"미다스가 나타났다, 그리고 미다스가 중국에 투자한다. 그러면 전 세계의 투자금이 어디로 몰릴까요?"

"중국?"

무태식은 자신도 모르게 중얼거리고 아차 싶었다.

"잠깐, 그건 불법이…… 어, 아니다. 불법이 아니네요?"

"네, 불법이 아닙니다."

다른 이를 사칭하는 건 불법이지만 애석하게도 이 경우에는 처벌할 규정이 거의 없다.

왜냐하면 미다스는 일종의 별명이니까.

미다스는 그리스 로마 신화에 나오는, 손에 닿는 모든 것을 다 황금으로 만드는 왕의 이름이다.

저주받은 능력이라 신화 속에서는 나중에 그 힘을 신에게 반납하지만, 그만큼 성공하는 사람에게 붙는 일종의 미사여구로 사용된다.

실제로 미다스라고 불린 사람은 지금의 미다스 그 이전에도 있었고 그가 사라진 이후에도 있을 것이다.

지금이야 암묵적으로 노형진이라는 감춰진 투자자를 가리키는 이름으로 쓰이지만 그렇다고 해서 다른 사람을 미다스라고 부르거나 그렇게 자칭하는 게 불법인 건 아니다.

"하지만 그 정도로도 충분히 착오를 유발할 수 있죠."

그러니 사람들은 그 이름에 흔들릴 거다.

그리고 그 사람들이 중국에 돈을 투자한다면?

"중국에 막대한 이득이 생기겠군."

단순히 수십억 단위가 아니라 수십조 단위의 돈이 중국으로 흘러들어 갈 거다.

어쩌면 수백조가 될 수도 있다.

"인간의 집단성은 생각보다 황당한 결과를 만들어 내기도 하니까요."

실제로 모 사업체에서 터무니없는 사업을 제시했는데, 수
많은 사람들이 그게 혁신이라 생각하고 너도나도 투자했다.

그러나 나중에 알고 보니 그 모든 게 사기였고, 전문가들
에게 들어 보니 애초에 불가능하다는 걸 알 수 있었다.

하지만 진실은 시장에서 철저하게 무시당했고 심지어 진
실을 알리는 사람들을 이단 취급했다.

결과적으로 그 회사는 생산품도, 특허도 아무것도 없는데
시총이 1조 달러라는 황당한 가격까지 올라갔다.

물론 나중에 망하면서 투자된 모든 돈을 휴지통에 처박히
게 했지만.

"누군가 미다스를 사칭하면서 미다스라는 이름으로 중국
에 투자하도록 종용한다면 어떻게 되겠습니까?"

당연히 그 결과로 어마어마한 돈이 중국으로 이동할 거다.

그렇잖아도 최근 수많은 투자 이탈로 돈이 빠져나가고 있
는 중국으로서는 상당히 혹할 수밖에 없는 상황이 된다.

"그리고 나중에 그걸 다시 빼는 건 전혀 다른 문제죠."

나중에 투자자가 아차 싶어서 투자금을 뺀다 해도 그러기
위해서는 어마어마한 손실을 감수해야 하니, 그 손실은 자연
스럽게 중국의 이득으로 남게 된다.

"그러니까 돈을 노리지만 돈을 노리는 게 아니라는 건가?"

"사기를 쳐서 돈을 받아 내려고 하는 게 아니라 중국에 투

자하게 하려는 거죠."

그게 성공한다면?

당연히 막대한 이득을 챙기게 될 거다.

"그리고 아무리 부자처럼 꾸미는 게 힘들다 해도 국가 단위에서 나선다면 딱히 힘들 게 없죠."

더군다나 중국은 전 세계에서 가장 뛰어난 짝퉁 제조 기술력을 가진 나라다.

대놓고 가짜를 만들려고 한다면 못 만드는 게 오히려 이상한 일일 거다.

"더군다나 지금은 우리가 아무리 뒤를 캐도 나오는 게 없었습니다. 물론 전문적인 영역이라는 말을 듣기는 했지만요."

하지만 CIA 정도의 집단을 속일 수 있는 전문가 집단이 과연 얼마나 될까?

그와 비슷한 수준을 가진 집단, 즉 국가에서 운영하는 정보 집단이라고 하면 가능할지도 모른다.

"그런 쪽으로는 생각도 못 해 봤는데?"

김성식은 심각한 얼굴로 말했다.

"그러니까, 중국 정부에서 투자금을 끌어들이기 위해 뭔지 모를 수작을 부리는 거다?"

"때로는 음모라는 게 사람을 죽이는 것만이 아니니까요."

국가는 착하지도, 양심적이지도 않다.

미국이든 중국이든 한국이든, 자신들의 이익을 위해 최선을 다할 뿐이다.

정정당당하게 승부를 내는 국가란 존재하지 않는다.

"하물며 중국은 더더욱 그런 나라죠."

돈만 되면 뭐든 해도 된다고 생각하는 나라라는 게 중국의 일반적인 이미지다.

중국 윗선은 한술 더 떠서, 한국으로 치면 외교부 장관이라는 놈이 '소국이 대국에 대항해서야 되겠는가.' 따위의 소리를 공공연하게 지껄인다.

"더군다나 최근에는 미다스가 약간 친중국 정책을 쓰고 있기도 하고요."

'정확하게는, 그렇게 보일 수밖에 없었던 거지만.'

당장 마스크가 없어서 난리를 치던 중국은 막대한 마스크 공장이 생기고 위생용품을 생산할 수 있는 설비를 미다스와 마이스터가 건네주면서 좀 더 안정적인 상황이 되기는 했다.

하지만 그건 중국이 좋아서라기보다는 이제 전 세계에서 마스크 대란이 거의 끝나 가고 있기 때문에 비싼 가격에 중국에 넘긴 것뿐이다.

백신도 마찬가지.

마이스터는 라이프가드 백신을 중국에 팔려고 했지만 중국이 거절한 것뿐이지, 마이스터에서 중국에는 못 판다는 소리를 한 적은 없다.

"현실적으로 중국을 조이는 데에는 한계가 있죠."

아무리 중국이 마음에 들지 않아도 세계의 공장이라는 입지가 하루아침에 사라지는 것도 아니고, 또 중국이 가진 전 세계에서의 영향력도 무시할 수 없다.

더군다나 노형진은 중국 공산당이 싫은 거지 중국인이 싹 다 죽었으면 하는 게 아니기에 장기적으로 그들의 영향력을 줄이는 방향으로 움직인 것뿐이다.

"그러니까 주변을 속이기는 쉽지요."

"그렇게까지 한다고?"

"불가능한 건 아니지 않습니까? 사실 이런 방법은 사기에서도 흔하게 쓰이는 방법이고요."

미친 듯이 돈을 쓰고 다니면서 자신은 성공한 사람이니 자신을 믿으라는 식으로 사기를 치는 사람은 엄청나게 많다.

실제로 그걸 믿고 투자했다가 망하는 사람도 많고.

한국에도 그런 사기꾼이 있었고, 그놈이 받아 챙긴 투자금만 수천억에 달한다.

피해를 입은 사람이 억울한 마음에 그 사기꾼의 부모를 납치해 고문하며 돈을 토해 내라고 했을 정도니까.

"국가라고 그 방법을 쓰지 말라는 법은 없죠."

더군다나 미다스라는, 신분은 불분명하지만 어마어마하게 성공해 부정할 수 없는 존재가 있다.

그러니 그의 이름을 슬쩍 빌려서 이야기한다면 누가 속지 않겠는가?

"더군다나 뒤에는 중국 정부가 있으니까요."

한 100억 정도 뿌린다면 그가 미다스라는 걸 부정할 사람은 없을 테고, 그가 권하는 대로 투자하려고 하는 사람은 넘쳐 날 거다.

"대체 그걸 어떻게 알아낸 건가?"

"광고가 중국 기업의 것이니까요. 만일 진짜 미다스였다면 중국에서 광고가 들어오지는 않았을 겁니다. 아시겠지만 미다스와 마이스터는 전 세계에서 어마어마한 수익을 내고 있습니다. 물론 중국에서도 적잖은 수익을 내고 있지만 그간의 행적을 보면 중국과 거리감이 있는 건 사실이지요."

"그건 그렇지."

"그리고 광고는 최대의 효과를 발휘하기 위해서 하는 겁니다. 그걸 미다스가 모르겠습니까?"

막말로 중국 컵라면 광고를 한국에서 미친 듯이 해 봐야 판매량이 얼마나 늘어나겠는가?

"더군다나 이 컵라면 이름을 보세요. 김치라면도 아니고 파오차이라면입니다. 이걸 누가 먹습니까?"

한국의 김치가 중국의 파오차이라면서, 김치라는 문화를 빼앗아 가기 위해 발악하는 게 현재 중국의 실태다.

그리고 그걸 모르는 한국 사람은 없다.

그런데 파오차이라면이라고 광고를 박아 버리면 과연 한국 사람들이 그걸 사 먹을까?

"하지만 얼마 전에 텔레비전에서도 그렇게 나왔잖아요? 파오차이 비빔밥인가?"

"그 드라마 말씀이군요?"

"네."

해당 드라마는 중국의 지원을 받아서 만들었는데, 대놓고 한국은 중국의 속국이라느니 한국의 주요 전통은 중국에서 넘어왔다느니 부채춤은 한국이 아니라 중국의 전통 춤이라느니, 심지어 김치가 아니라 파오차이라는 내용까지 넣어서 폭삭 망했다.

나중에 알고 보니 그 드라마 제작사부터 사장, 작가까지 모조리 한국에 이름만 올려 두고 활동하는 중국인이었다.

"그건 그들이 그런 목적을 위해 계획적으로 만들어 둔 회사입니다. 내부에서 제작자들이 그렇게 주장하면 그게 진실이라고 받아들이는 경우가 많지요."

"확실히 그렇지."

실제로 해당 드라마는 한국에서는 폭망했지만 다른 나라의 OTT 서비스에서는 제법 선방했고, 그걸 기반으로 중국은 한국이 중국의 속국이라는 이상한 주장을 펼치기도 했었다.

"마찬가지입니다. 누군가가 한국에서 자기가 미다스라고 주장하면서 중국을 빨아 준다면? 당연히 또 다른 누군가는 거기에 속을 겁니다."

그리고 그게 성공하면 단순히 사기를 치는 것보다 훨씬 더 많은, 수백 배 더 많은 돈을 중국으로 끌어올 수 있다.

"하지만 그걸 왜 미국이나 다른 나라도 아니고 하필이면 한국에서 합니까?"

무태식은 이해가 안 간다는 듯 물었다.

"미다스는 오랜 시간 한국에 신경 써 왔습니다. 미다스가 한국인이라는 소문도 거기에서 시작된 거고요. 그러면 미국이나 유럽에서 그런 주장을 하는 것보다는 본국인 한국에서 인정받는 게 나중에 유리해지겠지요."

가령 한국의 정치인 중 누군가가 그를 미다스라고 소개한다면 아마 해외의 다른 사람들은 그 말을 믿을 거다.

한국이 가지는 세계적인 입지는 상당히 공신력이 있는 상황이고, 거기다 정치인쯤 되는 사람이라면 나름의 검증을 했을 거라 생각하니까.

"하긴. 하지만 생각과 다르게 한국의 정치인 대부분은 무능하기 그지없지."

쓰게 웃는 김성식.

그는 검찰 중앙수사본부에 있으면서 수많은 국회의원들을 만났기에 그들이 얼마나 욕심이 많고 권력욕이 심한지 잘 알고 있었다.

"그중 일부는 미다스라는 존재에 대해 아마 상관없다고 생각할 거야."

"상관없다니요? 그들이 미다스를 안다는 건가요?"

고연미 변호사의 말에 김성식은 고개를 흔들었다.

"그게 아니라. 자칭 미다스라는 존재가 설사 진짜가 아니라고 해도 상관없다고 생각한다 이거지. 지금은 나한테 돈을 주는 사람이니까."

"아아~."

"그러면 피해가 정말 심각해질 것 같은데요."

무태식 변호사는 그 말을 듣고 눈을 찡그렸다.

이건 단순히 돈을 받는 문제가 아니다.

"진실을 눈치채고서도 가짜 미다스의 조건을 받아들였다면 사실상 중국에 붙어서 간자 노릇을 하겠다는 뜻 아닙니까?"

"뭐, 그런 국회의원이 한둘인가? 국가 기밀의 절반은 국회의원에 의해 중국으로 넘어간다는 말도 있는데."

"그 정도입니까?"

"물론 진짜 그 정도는 아니겠지. 하지만 그만큼 믿지 못할 놈들이라는 거지. 얼마 전에도 그런 놈이 있지 않았나? 대정부 질문을 하는데 뜬금없이 한국 핵잠수함 건조 계획을 공개하라고 고래고래 소리 지르던 놈."

"아, 그런 놈이 있었지요."

"그게 설마 몰라서 그랬겠나? 그 아래에 보좌관이 몇 명인데? 그중 병역 필한 사람이 한 명도 없겠는가?"

당연히 있다.

애초에 설사 군대에 가지 않았다 해도 핵무기와 관련해서는 당연히 국가가 반드시 지켜야 할 비밀이라는 걸 모를 리 없다.

그런데 그걸 은밀하게도 아니고 방송에 나가는 대정부 질문을 하는 자리에서 고래고래 소리 지르면서 내놓으라고 지랄한 것이다.

"설마……?"

"아마 그 설마가 맞지 싶네. 국회의원이라고 해서 모든 1급 기밀에 접근할 권한이 있는 것도 아니니까."

더군다나 그 사람은 국방위원회 소속 국회의원도 아니었다.

즉, 비밀 인가 자격도 없고 그걸 취급하는 부서도 아닌데 그걸 내놓으라고 대놓고 지랄했다는 뜻.

"중국이나 일본 같은 곳에서 그런 발언을 해 달라고 요청했을 수도 있지."

왜냐하면 그런 식으로 요구해도 그걸로 국회의원에게 문제 삼을 수는 없기 때문이다.

실제로 그는 국회의원이고, 대정부 질문장에서 일어난 일을 문제 삼으면 그건 민주주의를 훼손하는 거니까.

"하긴, 그런 자료를 몰래 달라고 하는 것도 문제가 되겠네요."

"그럴 거야. 그건 명백하게 보안법 위반이니까."

그래서 그는 자신의 자리를 지키면서 당당하게 한번 찔러 본 거다.

그리고 그의 예상대로, 잠깐은 시끄러웠지만 누구도 그에 신경 쓰지 않으며 잊혔다.

"그런 상황이니 누군가가 한국을 통해 전 세계에 가짜 미다스라는 존재를 인식시킨다면 그 피해는 엄청날 겁니다."

그리고 그렇게 관련된 놈들은 분명 부당한 행동을 해서 막대한 뇌물을 받아 챙길 테니까 결과적으로 나라가 위험해질 수도 있는 일.

"그러면 우리가 추측한 것을 공개해야 하나요? 미다스 측은 이번 일과 관련해 아무런 조치도 취하지 않는데요. 자기 신분을 드러내진 않더라도 가짜 미다스의 존재를 부정하는 거야 어렵지 않잖아요."

고연미는 고개를 갸웃하면서 물었다.

실제로 미다스가 노형진을 통해 '나는 한국에서 활동하지 않고 있습니다.'라고 발표 한 번만 하면 그놈들은 그냥 나가떨어지는 거다.

아직은 노형진이 대리인으로서 공신력이 더 있으니까.

"저도 그 생각은 했는데, 미다스의 생각은 좀 다른 듯하더군요."

"네?"

"뭐? 미다스는 뭐라는데?"

"설마 그냥 방치하겠답니까?"

다들 그 말에 깜짝 놀랐다.

일반인이라고 해도 누군가가 자기를 사칭하고 다닌다면

무척이나 화가 날 수밖에 없는 게 사람이다.

그런데 다른 사람도 아닌 미다스가 그런 걸 방치한다니?

"아, 정확하게는, 방치는 아닙니다. 다만 이번 기회를 이용해서 함정을 파고 싶어 합니다."

"함정?"

"네. 사실 미다스가 몰래 움직인 게 하루 이틀 상황이 아니지 않습니까? 게다가 국가에서 나서서 사기를 치려 하는 경우는 이번이 처음일 수도 있겠지만, 개인이 사기를 치려고 한 건 처음이 아닙니다."

"처음이 아니라고?"

"미다스는 익명인 상태고, 실제로 그 사실을 이용해 먹고 싶어 하는 사기꾼은 넘쳐 나니까요."

한국에서 처음일 뿐이지, 다른 나라에서는 미다스라고 사칭하며 사기를 치려는 시도가 몇 번이나 있었다.

하지만 그런 경우 대부분 마이스터를 통해 사실 조회 한 번만 하면 진위 여부를 확인할 수 있기 때문에 별문제가 없었다.

"그런 건 생각보다 해결이 쉽죠."

어차피 그렇게 사칭하는 놈들의 최종 목적은 돈이라, 그 방법으로 사기를 치려고 하는 거니까.

하지만 이번 사건은 돈이 아니라 투자를 이끌어 내는 게 목적이다. 그렇다 보니 사기로 처벌할 수도 없다.

"더군다나 비밀이 많은 놈들에게 먼저 접근했으니까."

그러니 섣불리 그들에 대해 조사하는 게 CIA도 힘들 수밖에 없었던 것.

"상황은 알겠네. 그런데 그 함정이라는 게 뭔가?"

"그저 중국과 관련된 건 다 조심해야 한다는 인식을 심어주는 정도의 일을 할 생각입니다."

"중국과 관련된 건 조심해야 한다고?"

"네. 이건 결국 언젠가 터질 수밖에 없는 일이니까요."

그리고 터지는 시점은 아마 중국이 원하는 것보다 더 이른 때, 그러니까 생각보다 투자금이 많이 들어오지 않은 시점이 될 가능성이 크다.

"중국에 한 방 먹이겠다 이거군요."

"그래야지요. 누가 마음대로 미다스라는 이름을 이용하랍니까?"

"그건 그렇지."

응징하지 않으면 노형진이 아니고, 세상에 응징이 없다면 끝없이 썩어 갈 뿐이다.

"하지만 어떻게 말인가? 그놈들이 자신을 드러낼 것 같지는 않은데."

"상관없습니다. 우리도 저쪽이 누군지 모르듯이 저쪽도 우리가 뭘 할지 모르니까요."

노형진은 피식 웃으며 말했다.

"저쪽은 우리가 무슨 짓을 할지 예상하지 못할 겁니다. 그에 반해 우리가 저쪽이 어떻게 움직일지 예상하는 건 어렵지 않지요."

노형진의 예상이 맞다면 저들은 단 하나의 목적, 그러니까 중국에 투자금을 유치하기 위해 움직일 게 뻔하다.

"우리는 저들의 목적을 아니까 그걸 이용하면 되는 겁니다."

"어떻게 말인가?"

"음, 일단은……."

노형진은 고민하다가 말했다.

"중국에 좀 더 투자하게 해 줘야겠네요, 후후후."

또 다른 미다스 (2)

국회의원들은 대부분 부자다.

아니, 부자일 수밖에 없다.

대한민국에서 선거는 돈이 없으면 치르지 못하니까.

법적으로야 정부에서 선거 자금을 정해 주고 그 안에서 쓰게 하지만 그걸 지키는 놈이 미친놈이다.

앞에서야 선관위가 따라다니면서 확인한다지만 돈 좀 쥐여 주면 알아서들 입을 닫치고, 영 뜻대로 안 된다 싶으면 자칭 지지 세력이라는 이름을 이용하면 된다.

지지 세력이라는 걸 만들어서 그들이 선거운동을 하게 하는 거다.

당연히 그 돈은 정치인의 주머니에서 나오지만, 걸리지만 않으면 그만이다.

그렇다 보니 돈이 없으면 권력을 꿈꿀 수 없는 게 대한민국의 현실이고, 그래서 국회의원 같은 권력자들의 욕심은 상상 이상이다.

"김 의원, 그 인간 말이야, 정말 미다스가 맞을까?"

자유신민당의 의원들은 그런 돈 문제로 슬금슬금 모여들고 있었다.

그들이 모여드는 이유는 다름 아닌 내후년에 있을 선거 때문이었다.

법적으로야 아직 선거기간이 상당히 남아 있다지만 자금 자체는 미리부터 준비해야 하는 상황이었다.

"글쎄요. 하고 다니는 것만 봐서는 미다스가 맞는 것 같기는 하던데요. 비서도 상당히 예쁘지 않습니까?"

"그렇지. 엄청 예쁘더만."

"예쁜 애들이야 돈만 있으면 다 구할 수 있습니다."

"그게 핵심 아니야?"

"그건 그러네요."

'돈만 있으면 구할 수 있다.'

이들에게 가장 중요한 것이 바로 그 '돈'이다.

자칭 미다스라는 놈이 진짜인지는 중요하지 않다.

그저 미다스에게는 돈이 있고 지금 자유신민당에는 돈이 부족하다는 것만이 중요할 뿐이다.

"망할. 그때 날아간 돈이 얼마냐?"

과거에 노형진 때문에 날려 버린 돈도 적지 않고, 특히 화폐개혁을 할 때 가치는 그냥 두고 디자인만 바꾸는 방식으로 과거 화폐를 무력화하자 그동안 쌓아 둔 돈이 휴지 조각이 되어 버렸다.

최대한 바꾸긴 했지만 과거에 비하면 그 돈이 너무 적어졌다.

거기다 이번 선거는 모두가 자유신민당이 불리하다고 말하는 상황인 만큼 더 많은 돈이 필요하다.

가장 강력한 후보인 우리국민당의 송정한을 꺾기 위해서는 막대한 뇌물을 써서 언론이 그를 물어뜯게 해야 한다.

그러기 위해서는 돈이 필요하다.

"그나저나 김 의원은 누구를 지지하십니까?"

"어허, 우리끼리 이런 이야기는 하지 맙시다. 조심스러운 주제 아닙니까?"

이제 슬슬 대선 후보 빌드업을 해야 하는 상황인데 정작 자유신민당의 가장 큰 문제는 적당한 후보가 없다는 것이었다.

물론 하고자 하는 놈들은 많지만 힘이 있던 놈들은 미리 설레발치다가 모조리 노형진에게 반격당해서 목이 날아갔고, 그 후에 슬슬 자리를 노리는 놈들은 좋게 말하면 신진 세력, 나쁘게 말하면 고만고만한 수준인지라 애초에 송정한과 아예 게임이 안 되었다.

이런 상황을 뒤집어야 하는 자유신민당에 있어 미다스는

아주 든든한 존재일 수밖에 없었다.

"그런데 왜 굳이 새론, 노형진과 거리를 두려고 하는 걸까요?"

"원래 서로 배신하고 나면 누굴 믿을지 알 수 없지 않습니까?"

"하긴, 그건 그래요. 노형진 그 새끼는 일을 거국적으로 볼 줄을 몰라요."

노형진 이야기가 나오자 다들 신나게 씹기 시작했다.

그들 입장에서 노형진은 여러모로 원수 같은 존재다.

노형진 때문에 전처럼 기업을 통해 돈을 받아먹는 건 사실상 불가능해졌다.

게다가 그것만 불가능해진 게 아니었다.

언론을 통해 누군가를 묻어 버리는 것도 불가능해졌고, 검찰과 법원을 통해 죄를 뒤집어씌우는 것도 불가능해졌으며, 심지어 전처럼 성 상납을 받는 것도 불가능해졌다.

물론 술집에서 받는 것 정도는 묵인해 주고 있지만 전처럼 기획사의 예쁜 애들을 데리고 놀 수는 없었다.

그렇다 보니 국회의원들은 자기 주머니를 채울 만한 방법이 점점 없어졌고, 그만큼 불만이 쌓이고 있었다.

"그러게 말이죠. 세상을 좀 거국적으로 살아야 하는데 어린놈이라 그런지 세상을 몰라요."

물론 그들이 말하는 '거국적'이라는 말은 자기들의 배를 채우면서 같이 썩어 가자는 뜻이었다.

물론 노형진은 그럴 리 없었다.

누구보다 돈이 많은데 왜 같이 썩어 가겠는가?

"하여간 미다스가 노형진을 찍어 내리고 뒤에서 조용히 움직인다고 하니까 우리도 조용히 움직이면 될 겁니다."

그들은 미다스가 노형진에게 뭔지 모를 약점이 잡혔고, 그래서 노형진을 찍어 내기 위해 조용히 움직인다고 생각하고 있었다.

실제로 그들 대부분은 그런 경험이 있으니까.

더군다나 미다스의 신분이 공식적으로 드러나면 복잡하기 이를 데 없는 상황이 벌어질 게 뻔했기 때문에 그들은 자칭 미다스라는 놈의 말을 철석같이 믿을 수밖에 없었다.

애초에 미다스가 아니라면 어떻게 그렇게 터무니없는 재력을 자랑하고 터무니없는 일을 보여 준단 말인가?

무려 그 콧대 높다 못해 안하무인이던 주한 중국 대사가 그에게 고개를 숙이기까지 했다.

그 모습을 보고 나니 그들은 미다스가 진짜라고 믿을 수밖에 없었다.

"그나저나 중국에서는 뭐랍니까?"

"일단 노형진만 밀어낸 후에는 적당한 보상을 한다고 합니다."

"하긴, 노형진이 중국에 개인적인 원한을 품고 복수하는 거라면서요?"

"그렇다더군요. 이번 복수를 도와주면 중국에서도 적당한 보상을 해 준다니까 기대해 봐도 될 것 같습니다."

물론 그 보상은 적잖은 돈일 거다.

'그 돈만 있으면…… 흐흐흐흐.'

그 돈만 있으면 선거에서 이길 수 있고, 더 높은 자리에 올라갈 수 있고, 더 많은 돈을 벌 수 있다.

모든 정치인들의 꿈은 재벌이다.

대통령? 기회가 되면 하고 싶기야 하지만 그 과정에서 감수해야 할 위험이 너무나 많다.

대선이 시작되면 영혼까지 털리는 게 요즘이기에, 썩을 대로 썩은 국회의원들 중에서는 대통령이 되기를 꺼리는 사람도 있었다.

하지만 재벌은 다르다. 돈만 있으면 뭐든 좌지우지할 수 있다.

여자도, 위법행위도, 심지어 원한다면 사람 목숨까지도 말이다.

"미다스의 말로는 조만간 중국에 막대한 투자금이 들어갈 거라고 하더군요."

"맞습니다. 특히 반도체 쪽으로 엄청나게 큰 투자가 이루어질 거라고 하니까 기대할 만합니다."

"중국의 반도체 굴기야 뭐 하루 이틀 소리가 아니지 않습니까?"

"물론 그렇지요. 하지만 이번에는 다르지 않습니까?"

반도체를 수입하던 중국은 반도체 굴기라고 해서 어떻게

해서든 반도체 자립을 일구어 내기 위해 몸부림치고 있었다.

하지만 현실은 시궁창이라고 했던가?

그렇잖아도 원래 역사에서 중국은 반도체 굴기를 실패했다.

투자한 돈을 모조리 빼돌리는 아랫놈들 때문이었다.

반도체 공장을 지을 거라고 해서 정부에서 수조 원을 투자해 주고 나중에 감사하러 갔더니 맨땅에 간이 컨테이너만 몇 개 있는 게 중국의 반도체 굴기의 현실이었다.

당연히 거기에 들어간 1조 달러가 넘는 투자금은 모조리 해 처먹고 저마다 해외로 튄 상황.

원역사에서도 그 지랄이었는데 지금은 노형진이 일찌감치 미국과 유럽 그리고 일본 같은 반도체 선진국에서 중국 스파이에 대한 대대적인 색출을 시작한 게 타격이 컸다.

특히 대부분의 반도체 기업들에 미다스와 마이스터가 막대한 투자를 하면서 대중국 스파이전에 대한 강력한 보안을 요구했고, 그 때문에 중국은 회귀 전과 다르게 반도체 관련 정보를 빼낼 수가 없어서 기술력이 많이 떨어진 상황이었다.

하지만 정치인들은 그런 것도 모르고 그저 중국에서 돈을 벌 기회라고 하니까 눈만 번뜩거리고 있었다.

"정해진 회사에 투자만 하면 막대한 수익이 돌아온다니 좋은 거 아닙니까?"

"맞습니다. 더군다나 새론에서도 먼저 손절 친 거니 우리한테 뭐라고 하면 안 되죠."

원래 일부 외부에서 투자받던 새론이 지난 우리국민당 창당 사건 당시에 모든 투자를 잘라 버렸기에, 들어오던 돈을 못 받게 된 국회의원 중 일부는 그런 상황에 불만이 많았다.

이미 돈맛을 본 그들은 돈을 포기할 수 없었다.

더군다나 불법적으로 돈을 받는 건 너무 위험해서, 그 돈이 아니면 선거 자금도 감당 못하는 상황이라 그들은 절대로 그 돈을 포기할 수가 없었다.

"사람들을 모아 봅시다. 크게 불려 주면 그들도 감사할 겁니다."

"그럴 겁니다, 흐흐흐."

그리고 그 대가는 적잖은 돈으로 돌아올 거라는 사실을 알기에 그들의 머릿속에서는 막대한 뇌물을 받을 생각에 행복한 그림만이 그려지고 있었다.

<br>

"자네 말이 맞는 것 같네."

송정한은 심각한 얼굴로 노형진을 불렀다.

"갑자기 투자를 종용하는 국회의원들이 많아지더군."

"누굽니까?"

"자유신민당과 민주수호당의 주요 당직자들이야. 애석하게도 우리국민당 의원들도 좀 있고."

그렇게 말하며 긴 한숨을 내쉬는 송정한.

노형진에게 현 상황에 대해 설명을 들은 직후이다 보니 기가 막혀서 말이 안 나올 정도였다.

"대체 뭔 생각들인지 모르겠군. 설사 진짜 미다스라고 해도 이런 짓을 해서는 안 되는 건데."

설사 진짜 미다스라고 해도 한 나라의 국회의원이라면 섣불리 투자를 종용하거나 말을 쉽게 해서는 안 된다.

그런 짓을 하면 피해자는 그러한 행동을 하는 국회의원이 해당 업체나 사람을 보호할 거라고 생각해서 더욱 적극적으로 투자하기 때문이다.

문제는 그 후에 뭔가 잘못된다고 해도 국회의원들은 거기에 대해 어떤 책임도 지지 않는다는 거다.

"조희원 사건에서 배운 게 없는 모양이야."

"제가 봐도 그런 것 같습니다."

조희원 사건.

조희원이라는 사람이 수천억대의 사기를 치고 도망친 사건이다.

그 사건으로 인해 피해자가 수천 명이 넘고 자살한 사람이 백 명 가까이 되는 최악의 일이었다.

그런데 그가 사기를 칠 때 그에게 공신력을 보장해 준 것이 다름 아닌 국회의원들이었다.

그들은 조희원과 밀접한 관계를 맺고 그가 부르는 행사에 자주 찾아다녔다.

물론 그들 입장에서는 조희원이 주는 두둑한 뇌물이 마음에 들어 좋은 관계를 가지려고 했던 것이다.

하지만 조희원은 그걸 이용해서 사람들을 속이며 자신이 이렇게 유명하고 믿을 만한 사람이라는 사실을 홍보했고, 급기야 막대한 사기를 치고 도주했다.

그러자 국회의원들은 '나는 모르는 일이다. 그냥 공적인 관계였다.'라고 말하며 선을 그었고, 속은 사람들은 목숨을 내버려야 했다.

"사기를 칠 때는 믿음이 우선이니까요."

"끄응."

"공중파에 나오는 놈들도 사기 치는 세상 아닙니까?"

심지어 공중파에 소위 주식 전문가라며 출연한 놈이 나중에 투자자를 모아서 수백억대 사기를 치고 도망친 사건도 있었다.

사람들은 공중파에서 주식 전문가로 소개된 그를 믿고 투자를 부탁했는데, 그게 그대로 그의 주머니로 들어간 거다.

나중에 알고 보니 증권 전문가는커녕 여의도 증권가에서 근무해 본 적도 없는 사람이었다.

"이건 전형적인 신용 사기의 방식이군."

외부의 제3자를 이용해서 공신력을 확보하고 투자를 종용하는 방식.

다만 그 대상이 개인이 아니라 중국이라는 국가라는 점에서 수익자가 다르기는 하지만 방식 자체는 무척이나 똑같았다.

"그나저나 송 의원님에게 이야기가 슬슬 들릴 정도라면 본격적으로 움직이는 모양이네요."

"미다스라는 존재에 대해서는 감추고 있지만 말이지. 사실 자네가 말해 주지 않았다면 나도 무심했을 거야."

노형진의 말에 송정한은 고개를 끄덕거렸다.

"생각보다 이런 일은 흔하니 말일세."

"그건 그렇지요."

사람들이 잘 모를 뿐이지, 투자 쪽에서 국회의원들의 파워는 무척이나 센 편이다.

일단 대부분의 국회의원들이 돈이 있는 사람들이라 원래 돈을 가진 사람들과 일종의 커넥션이 있기 때문이다.

설사 돈이 없는 사람도 국회의원이 되면 돈이 있는 사람과 선을 가지게 된다.

당연히 국회의원들은 투자를 원하는 사람과 투자해 주는 사람을 연결시켜 주기가 쉬웠고, 그렇게 투자가 결정되면 양쪽 모두에게서 돈을 두둑하게 챙길 수 있었다.

"그나저나 중국의 반도체 쪽에 투자한다니, 무슨 생각일까?"

"아마도 지난번 사태 때문일 겁니다. 중국에서 반도체에 투자했다가 돈을 날려 먹었지 않습니까?"

"그렇지."

문제는 그 범인들을 잡지 못했다는 거다.

심지어 수사조차도 제대로 되지 않고 있다.

그 반도체 공장을 짓겠다고 받아 간 돈이 정확하게 3조 2천억 원이었다.

그런 금액을 먹고 튀었는데 수사도 지지부진하다는 건 오직 한 가지 사실만을 뜻한다.

중국에서 고의적으로 해 먹은 거라는 것.

"그렇다고 반도체 굴기를 포기할 수도 없고, 경제가 나아진다는 걸 인민들에게 보여 줘야 공산당도 유지되거든요. 그런데 그걸 자기 돈으로 하기에는 좀 위험하다 싶은 거겠지요."

"상황은 알겠군."

다시 한번 해 처먹기에는 자기들도 좀 위험하고 눈치도 보이고 그러니까 이번에는 해외에서 받아먹으려는 것일 수도 있고, 아니면 진짜로 반도체 굴기를 남의 돈으로 하려는 것일 수도 있다.

물론 투자를 받으면 그만큼 수익을 나눠야 하지만 어차피 중국은 기업을 빼앗는 데 도가 튼 나라다.

"그리고 해외에서 투자받는다고 하면 기술을 넘겨받기도 쉬울 수도 있고요."

"하긴, 그건 그렇지."

현재 중국은 가장 핵심적인 기술이 없다 보니 아무리 그들이 반도체 굴기를 한다고 해도 실적이 나오기는 힘드니까.

"하지만 중요한 건 따로 있어요. 바로 그들이 본격적으로 중국으로 돈을 끌어들이기 시작한다는 겁니다."

"그러면 자네는 어쩔 건가?"

송정한은 당연히 노형진이 투자를 거절할 것이라고 생각했다.

아니면 다른 곳에 투자함으로써 중국과 거리를 둘 거라 생각했다.

그런데 노형진의 계획은 완전히 예상과 달랐다.

"실사를 해 볼까 생각 중입니다."

"실사라니?"

"중국에서 반도체에 투자하고 싶어 한다고 하니 당연히 실사를 해 봐야 하지 않겠습니까?"

"응?"

그 말에 송정한은 혼란스러운 얼굴이 되었다.

"지금 농담하나?"

"농담이 아닙니다. 진짜로 할 겁니다."

"아니, 왜? 실사를 하면 투자하게 될 건데?"

"아니요. 정반대일걸요."

"뭐?"

"투자자들은 가짜의 이야기를 믿을 겁니다. 하지만 동시에 실사가 이루어진다면 일단 투자를 멈출 겁니다. 확정된

게 아니니까요."

"투자가 멈춘다?"

"네. 비공식적으로 투자하는 것과 공식적으로 투자하는
건 전혀 다른 문제니까요. 원래 이런 사업은 한 번에 모든 돈
을 주지는 않습니다."

그러니 노형진이 가만히 있으면 우선권을 주장하기 위해
서라도 돈을 무리해서 넣으려고 하는 사람들이 있을 수도 있
다.

하지만 만일 실사를 한다면 어떨까?

당연히 그 결과가 나오기를 기다릴 것이다.

'미다스가 중국에 투자할 가능성이 있다'는 것과 '미다스가
투자한다'는 것은 전혀 다른 이야기.

"아 다르고 어 다른 게 사람이니까요. 분명 그놈들은 미다
스가 투자를 확정 지었다고 이야기할 가능성이 높습니다."

그래야 중국에 투자금이 가능한 한 빨리 들어올 테니까.

"하지만 실사를 하면 이야기가 달라진다 이거군."

"맞습니다."

그들에 대한 공신력이 올라가기는 하지만 당장 투자금은
들어가지 않게 될 거다.

만일 섣불리 투자했다가 실사 결과 투자 취소 같은 소리가
나오면 그대로 돈만 날리는 거니까.

"조금이라도 생각이 있는 사람이라면 기다릴 겁니다."

물론 못 기다리고 일단 돈부터 넣어 보자고 하는 사람들이 있을 수도 있겠지만, 그런 사람들은 투자가 아닌 도박을 하는 거다.

그리고 도박하는 사람들까지 지켜 줄 이유는 없다.

"하지만 그렇게 그놈들의 공신력을 높여 줘서 뭘 어쩌려고?"

"간단합니다. 그놈들을 양지로 끌어내려고요."

"양지로 끌어낸다고?"

"중국은 지금 전 세계에서 믿음이 없습니다. 수많은 기업들이 중국을 떠났고, 마스크 공장을 국유화한 타격이 컸죠."

사실 코델09바이러스 당시에 무리한 행동을 한 정부가 한두 군데가 아니다.

어떤 나라는 자기 나라를 거쳐 가는 화물 중에 마스크가 있다는 걸 알고는 그걸 빼돌리기도 했을 정도니까.

각국의 생존이 달려 있던 시기에는 비정상적인 행동을 하는 국가들이 결코 적지 않았다.

하지만 그럼에도 불구하고 공장을 국유화한 것은 중국이 유일했다.

다른 곳은 공장 가동을 강제로 시킨다든가 공장에서 나오는 물품의 가격을 강제한다든가 하는 식으로 최소한의 영역에서 컨트롤했지만, 중국은 공장과 장비를 모조리 꿀꺽하고 심지어 그마저도 관리를 잘못해서 홀라당 태워 먹어 버렸던 것이다.

"그 상황에서 투자를 끌어낼 방법이 없으니까 미다스라는 이름을 이용하는 거죠. 그런데 그놈이 양지로 끌려 나왔다가 가짜라는 사실이 걸리게 되면 어떻게 되겠습니까?"

"아하!"

당연히 전 세계가 그에게 의혹의 눈길을 보낼 거다.

다른 사람도 아닌 미다스를 사칭한다는 게 얼마나 심각한 일인지 모르지 않을 테니까.

"그리고 조사하다 보면 중국에서 이번 일을 계획했다는 증거가 나올지도 모르죠."

"그렇게 되면?"

"과연 중국에 투자가 이루어질까요?"

"어설프게 진짜 미다스가 아니라고 밝히는 것보다 훨씬 낫다 이거군."

"아시지 않습니까? 진짜 미다스가 아니라고 밝혀서 그놈들에게 도망갈 구멍을 만들어 줄 생각은 없다고요."

애초에 노형진은 그럴 사람도 아니다. 그런 짓을 하면 나중에 또 똑같은 짓을 하는 게 인간이니까.

"공신력이 생기면 사람들은 그들을 찾을 테고, 숨기는 더 어려워지겠지."

"맞습니다. 하지만 투자를 위한 실질 심사를 한다고 하면 그들이 원하는 것처럼 당장 돈을 받지는 못할 겁니다."

그리고 이 심사 기간은 심사하는 사람의 마음이다.

짧게는 6개월이면 끝날 수도 있지만, 길게는 2~3년씩 걸릴 수도 있는 거다.

"그리고 우리가 실질 심사를 하는 동안에는 투자를 막을 수 있죠."

그들에게 제대로 엿을 먹이는 건 부정이 아니다, 모른 척하는 거지.

"그런데 실질 심사를 어떻게 하려고?"

"어떻게 하긴요, 제대로 해야지요. 그리고 요즘 미국에서 절 뭐랄까, 잡은 물고기 취급하더라고요."

노형진은 씩 웃으며 말했다.

"저는 잡은 물고기 취급받는 게 별로 반갑지 않아서요. 한번 뒤집어 볼까 합니다, 후후후."

⚖

미다스, 중국 반도체에 투자 의사 있다고 밝혀

미다스, 중국 반도체 굴기에 동참하나?

마이스터, 중국 반도체 투자를 위해 실질심사 팀 구성 중

마이스터의 정식 발표는 전 세계를 뒤집었다.

사실 전 세계가 반도체 부족 현상으로 고통받고 있는 건

딱히 비밀도 아니었다.

한국도 반도체 공장을 풀로 돌리고 있고 대만이나 미국 역시 반도체를 만들기 위해 총력을 다하고 있음에도 불구하고 반도체는 엄청나게 부족한 상황이었다.

그런 상황에서 미다스와 마이스터가 반도체에 대대적인 투자를 한다는 것은 딱히 이상할 것도 없는 일이기는 했다.

전 세계적으로 반도체 투자가 늘어나는 시점이니까.

그걸 알기에 사기를 치는 놈들도 반도체 운운한 거고.

하지만 중국에 반도체 투자를 한다는 계획에 대해서는 다들 어리둥절할 수밖에 없었다.

문제는 누군가에게는 기회로 보이고 누군가에게는 어리둥절하게 여겨지는 일이었지만, 누군가에게는 이게 날벼락이나 다름없는 일이라는 것이었다.

"갑자기? 이제 와서? 중국에 투자를 한다고?"

한국의 한 은밀한 주택에서 정장을 입은 남자들은 심각한 얼굴을 하고 있었다.

그들은 뉴스를 보고 있었는데, 하나같이 당혹감을 감추지 못했다.

"창룽 동지, 위에서는 뭐라고 합니까?"

"아직 상황을 파악 중이라고, 대기하라고만 하네."

"아니, 언제까지요. 이러다 이거, 우리가 위험해지는 거 아닙니까?"

"그건 아닐 거다. 만일 우리에 대해 알았다면 미다스가 한국에서 활동하지 않는다고 부정하는 것부터 했겠지."

"끄응, 그건 그러네요."

이들은 중국의 정보 집단 요원들이었다.

그들은 고통받는 조국을 위해 살아남을 방법을 강구했는데, 그중 하나가 바로 가짜 미다스를 통한 중국으로의 막대한 투자 계획이었다.

일단 투자가 들어오기만 하면 추후 다시 빼 가는 건 전혀 다른 문제니까.

미다스가 가짜라고 해서 그걸 빼 갈 수는 없다.

투자라는 건 결국 자신이 계획을 듣고 결정해야 하는 것이기 때문이다.

하지만 미다스라는 이름으로 투자받으면 못해도 몇조 달러는 들어올 거라는 게 상층부의 예상이었다.

실제로 미다스가 투자한 곳들이 죄다 그런 식으로 성장했기에 미다스의 투자 정보를 빼내는 것이 주요 투자회사들의 최대 목표 중 하나가 되었기 때문이다.

"그런데 왜 갑자기 중국에 투자한다는 겁니까?"

"정확하게는 투자를 위한 실사라는데……."

"그러니까요. 미다스는 중국에 적대적이지 않았습니까? 목적을 알 수가 없네요."

그랬기에 조용히 그리고 조심스럽게 작업했다.

절대로 걸리지 않도록, 하지만 사람들이 믿고 투자할 수 있도록.

"어이, 소구태. 어떻게 생각해?"

창룽이 묻자 소구태가 걱정스러운 얼굴로 머뭇거렸다.

소구태는 한국인이다.

하지만 중국에서 막대한 돈을 받고 미다스처럼 행동하고 있는 놈이었다.

원래 사기꾼으로, 중국에서 사기를 치다가 체포당해서 목이 날아가기 직전이었는데 중국에서 그를 이용할 생각을 한 것이다.

원래 사기꾼이라 남을 속이는 데 천부적인 재능이 있었고 한국에서 활동하던 놈이라 한국의 사기 방식에 대해 잘 알고 있었기 때문이다.

물론 중국 요원 중에도 한국어를 잘하는 사람이 있지만 남을 잘 속이는 건 전혀 다른 문제다.

그런 이유로 소구태는 지금 중국인들과 함께 한국 사람들을 속이기 위해 노력하고 있었다.

"만에 하나 우리가 발각된 거라면…… 어쩌죠?"

혹시나 해서 던진 질문이었다.

그러자 창룽이 비웃음을 날리며 말했다.

"그럴 리가 없다. 우리는 모든 흔적을 깔끔하게 지웠어. 심지어 미국의 CIA조차도 우리를 못 찾고 있지. 그런데 미다스가 알 리가 없다."

그들도 정보 요원답게 미국의 CIA와 한국의 국정원이 자신들을 찾고 있다는 걸 알고 있었다.

하지만 그들 역시 훈련된 정부 요원.

흔적을 지우는 데 능숙했고, 더군다나 자신들과 접촉했던 놈들은 혹시나 남이 붙어서 수익을 나눠 먹을까 두려워 비밀을 꼭꼭 감춰 주고 있어서 추적하지 못하고 있다는 것쯤은 알고 있었다.

"그런데 왜 갑자기 중국에 투자한다는 건지 모르겠네요. 미치겠네."

소구태는 불안감에 머리를 미친 듯이 긁었다.

하지만 그렇다고 해서 진실을 알 수는 없었다.

"원래 계획일 수도 있지 않나."

"아뇨. 그런 소문이나 정보는 전혀 없었다고요."

소구태의 말에 창룽은 비웃음을 날렸다.

같이 일하고 있지만 소구태는 사기꾼이고 중국 공안 당국에 잡혔다. 그리고 사기로 처벌받기 전 도와주는 조건으로 처벌을 면했다.

당연히 그 대가로 체포되었다는 기록도 삭제되었다.

즉, 여기서 소구태가 죽어도 아무도 모른다.

그런 와중에 소문이니 정보 운운하니 비웃음이 안 나올 수가 없었다.

"고작 사기꾼 따위가 뭘 안다고 그런 소리를 하는 거냐? 네가 진짜 미다스도, 마이스터 직원도 아니지 않나?"

그 말에 창룽을 노려보려고 하던 소구태는 사나운 그의 눈빛에 꼬리를 말았다.

아무리 그가 범죄자라 해도 실전까지 겪은 중국 요원의 눈빛을 이겨 낼 수는 없었으니까.

"아니, 그게 말이죠. 작은 사기면 모를까, 큰 사기를 치려면 그에 걸맞은 정보를 얻어야 한다고요."

"무슨 소리야?"

"사기를 칠 때는 원래 가짜만으로는 안 돼요."

완전히 가짜로는 누구도 속이지 못한다.

사람들은 사기라는 죄에 대해 알기에 그걸 의심하니까.

"가령 누가 물로 달리는 자동차를 만들어 내는 데 성공했다고 하면 사람들이 믿을까요?"

"아무도 안 믿겠지."

"하지만 기존 전기차보다 효율이 20% 더 좋은 엔진을 개발했다고 하면요?"

"흠, 가능해 보이기는 하는군."

"맞아요. 그런 게 있다고요. 상대방을 속이기 위해서는 업계에 대해 잘 알아야 해요."

"그래도 미다스와 마이스터에 대해서는 모를 텐데? 그쪽은 보안이 어마어마해서 우리도 뚫고 들어가지 못하는 곳이다."

"물론 그렇죠. 하지만 그쪽이 중국과 사이가 안 좋은 건 딱히 비밀도 아니잖아요."

그 말에 창룽은 눈을 찡그렸지만 딱히 반박하지는 않았다. 틀린 말은 아니니까.

사실 중국이 미다스, 마이스터와 사이가 좋았다면 그 관계를 유지하기 위해서라도 이런 위험한 계획은 세우지 않았을 거다.

"하지만 단순히 그것만 가지고?"

"그게 아니에요. 미다스는 이미 개척된 시장을 그다지 좋아하지 않아요."

"개척된 시장을 좋아하지 않는다고?"

"네. 그는 얼핏 실패한 적이 없어 보이기에 이미 안정된 시장을 선택할 것 같지만, 실제로는 아예 바닥을 고르기 때문에 올라갈 곳밖에 없는 그런 시장을 선택한다고요."

"쉽게 설명해, 빵즈 새끼야."

옆에서 으르렁거리면서 다른 요원이 겁을 주자 소구태는 흠칫하더니 잔뜩 주눅이 든 목소리로 말했다.

"애초에 반도체 공장을 세우려고 했다면 중국이 아닌 인도가 훨씬 나은 선택이라는 거죠."

"뭐? 그 무식한 새끼들이 어째서?"

"그 무식한 새끼들이 전 세계에서 프로그래밍 쪽으로는 꽉 잡고 있거든요."

인도는 분명 전 세계적으로는 가난하고 내세울 게 없는 나라 취급받고 있다.

중국의 라이벌이라지만 돈에서도 과학력에서도 밀리는 나라다.

그런데 그런 곳이 반도체 공장으로 최적이라니?

"애초에 반도체 공장을 세울 만한 공장 부지는 미리 다 개발해 놨고, 교육까지 다 끝낸 노동자들이 넘쳐 나잖아요. 거기에다가 땅값도, 인건비도 싸고."

결과적으로 반도체 공장을 세우는 데 있어서 싼 가격으로 시장을 점거하기 위해서는 인도가 훨씬 더 좋은 선택이라는 거다.

"그리고 중국에 공장을 세우면 미국이 좋아하지도 않을 거고요."

"끄응, 그게 문제이기는 하지."

미국 입장에서는 대놓고 이빨을 드러내기 시작하는 중국이 고까울 수밖에 없다.

애초에 중국이 반도체 굴기를 외치는 이유가 뭔가?

서방의 반도체에서 벗어나서 스스로 반도체를 만들어 무장하기 위해서가 아닌가?

단순히 자급자족이나 사업을 하기 위해서가 아니다.

현대의 주요 무기에는 모두 반도체가 들어가는데, 만일 미국이 결정적인 순간에 반도체 공급을 끊어 버리면 중국은 무기 하나 못 만드는 수준으로 떨어진다.

장기적으로 미국과 한번 크게 붙을 생각을 하고 있는 중국
으로서는 그런 문제로 반도체가 꼭 필요했다.

"2차대전에서 일본이 미국을 치고 독일이 소련을 친 이유
가 뭔데요. 다 석유 때문이라고요. 그리고 반도체가 지금 딱
그 상황이고."

일본은 석유가 나오는 곳을 점거하기 위해 미국의 진주만
을 공격해서 힘을 빼 둔 상태에서 동남아 국가들을 점령하려
했고, 독일은 전쟁에 필요한 기름을 확보하기 위해 불가침조
약을 깨고 소련을 공격했다.

두 나라가 그렇게 행동한 이유가 뭘까?

전부 석유와 같은 전쟁에 필요한 물자를 조달하기 위함이다.

반도체도 마찬가지다.

당장 중국만 해도 전쟁과 같은 비상 상황이 되면 최우선
공격 대상을 미국이 아닌 대만으로 여긴다.

왜냐하면 대만은 전 세계에서 알아주는 반도체 강국이라,
먼저 공격해 집어삼키지 않으면 소비된 전쟁 물자를 보충할
방법이 없기 때문이다.

아무리 노력해도 반도체가 없으면 현대에 쓰이는 전쟁 무
기들을 만들 수가 없으니까.

그렇다고 6.25 때처럼 총과 수류탄에 꽹과리만 들려서 돌
격시킬 수도 없는 노릇이 아닌가?

더군다나 현대에서 반도체 산업은 대부분 친미 국가에서 꽉 잡고 있다.

그나마 러시아에서 좀 생산되긴 하지만 성능은 바닥을 기는 물건이라 정밀한 무기용으로는 쓸 수가 없다.

애초에 반도체를 바꾸면 무기의 설계도 바꿔야 하니 그런 부분도 부담스럽고 말이다.

그렇다 보니 중국으로서는 대만의 존재가 너무나도 절실한 상황이었다.

"미국과 척지면서까지 왜 중국에 반도체 공장을 지어요?"

"우리 조국의 미래가 밝아서 아니야?"

"뭔 소리래요? 마이스터가 미국 기업인 건 아시죠?"

누군가의 말에 소구태는 어이가 없다는 듯 말했고, 그 말을 들은 창룽은 고개를 끄덕거렸다.

"확실히 이상하기는 하군."

사실 전 세계에서 반도체 공장 설립을 거절할 나라는 없다.

설사 독재국가인 북한이라고 해도 반도체 공장을 만든다고 하면 허가해 줄 거다.

그러나 그렇게 되지 않는 것은 반도체가 단순한 생산품이 아니기 때문이다.

설계도야 돈만 있으면 구할 수 있다지만 반도체를 만들기 위해서는 전 세계의 모든 기술이 집약되어야 한다.

특히 한국과 미국 그리고 일본의 기술적 지원이 없으면 현실적으로 쓸 만한 반도체를 만들어 내는 건 불가능에 가깝다.

당장 러시아에서 개발해서 생산하고 있는 반도체도 성능만 보면 미국에서 만들어 팔던 10년 전 모델 정도밖에 안 나올 정도로, 반도체란 그냥 만든다고 해서 만들어지는 게 아니다.

더군다나 중국은 그런 러시아 수준의 반도체도 못 만들고 있는 상황.

"도대체 그걸 아는 미다스가 왜……."

미다스와 마이스터가 중국에 공장을 세우겠다고 해도 결국은 미국이 허락하지 않을 게 뻔하다. 그리고 미국 기업인 마이스터가 그걸 모를 리가 없다.

그때였다.

부하 요원 한 명이 다급하게 확인 중이던 핸드폰을 가지고 차룽에게 다가왔다.

"대장님, 이걸 좀 확인해 보셔야겠습니다."

"뭔데?"

"노형진이 인터뷰를 한 겁니다."

"노형진이 인터뷰?"

그 말에 차룽은 핸드폰을 넘겨받아서 읽기 시작했다.

노형진은 미다스와 마이스터의 대리인이다. 당연히 누구도 그의 말을 무시할 수가 없었다.

그리고 얼마 지나지 않아, 차룽의 눈은 엄청나게 커졌다.

Q. 미다스와 마이스터에서 중국에 투자한다는 것이 사실인가? 반도체 영역에서 중국에 엄청난 투자를 할 계획이라고 들었다.

A. 그럴 계획은 있다. 이미 실제로 전 세계의 전문가들을 모아서 중국 반도체 공장의 실사 팀을 구성 중이다. 실사 팀이 모이는 대로 중국에 가서 가능성을 타진해 볼 생각이다.

Q. 다른 나라의 반발이 없을 거라 생각하나?

A. 현대 공학에서 반도체는 쌀이자 석유다. 그게 없으면 현대 기술은 의미가 없다. 그리고 전 세계는 이 반도체 부족으로 고통받고 있다. 당장 한국만 해도 차량을 주문하면 수령하는 데 1년 6개월을 기다려야 한다고 한다. 물론 인기 차종에 한해서라고 하지만 애초에 그건 정상적인 상황이 아니다. 빠르게 반도체 공장의 증설이 필요한 상황이다.

전반적으로 내용은 간단했다.

반도체의 중요성을 이야기하면서 동시에 중립적인 위치를 유지하는 논조였다.

Q. 그러면 공장의 부지는 중국으로 확정된 것인가?

A. 아니다. 중국을 1순위로 생각하고 있는 건 사실이지만 다른 나라도 생각 중이다.

즉, 중국은 확정이 아니라는 말.

물론 여기까지는 흔하게 할 수 있는 말이었다.

전 세계의 누구도 투자할 때는 '확정'이라는 표현을 쓰지 않는다. 그러면 자기가 불리해질 수도 있으니까.

진짜 문제가 된 것은 바로 이다음 말이었다.


Q. 그런데 한국에 미다스가 들어와서 활동 중이라는 소문이 있다. 소문이 사실인가?

A. 일단 한국 내에 미다스가 있는 것은 사실이다. 다만 그는 지극히 폐쇄적인 성향이라 극히 한정된 사람과의 접촉을 유지할 뿐이다. 알다시피 미다스의 신분에 관한 어떤 정보도 우리는 제공할 수 없다.


이 마지막 질문과 답변.

이게 창룡을 혼란스럽게 만들고 있었다.

"미다스가 한국에 들어와 있어?"

그는 혼란스러울 수밖에 없었다.

그들이 확인한 바에 따르면 미다스는 최근 미국에 있는 것으로 추정되고 있기 때문이다.

물론 그건 CIA의 공작이었다.

CIA는 노형진의 신분을 감추기 위해 미다스라는 존재가 여기저기 등장하는 것처럼 공작하고 다녔는데, 중국이 거기에 낚인 거다.

"아니, 언제? 왜?"

창룽은 혼란스럽기 그지없었다.

갑자기 미다스가 왜 한국에 있으며 왜 하필 중국, 그것도 자기들처럼 반도체에 투자하겠다고 설레발을 친단 말인가?

'발각된 것인가? 아니야. 그럴 리가 없어.'

그랬다면 이렇게 인터뷰나 하고 있을 게 아니라 저 문을 부수고 당장 국정원 요원들이 들이닥쳤어야 했다.

그 말은 말 그대로 우연일 뿐이라는 거다.

"일이 도대체 어떻게 되어 가는 거야?"

우연치고는 너무 기가 막힌 우연이다.

"대장님, 어떻게 해야 하나요?"

"잠깐 기다려 봐. 일단 당에서 내려오는 명령을 기다려 봐야지."

창룽은 아득해지는 정신을 애써 가다듬으면서 다음 계획을 세우려고 했다.

그런데 그다음 순간 갑자기 핸드폰이 울리는 소리가 조용한 공간을 메웠다. 그리고 모두의 시선이 그곳으로 향했다.

"누구야?"

"어, 민주수호당 공교림 의원."

핸드폰을 확인한 소구태는 침을 꿀꺽 삼키면서 전화를 받았다.

아무리 상황이 개떡 같다고 해도 피할 수 있는 사람이 아니었다. 공교림 의원이면 자신들이 공들이는 사람이니까.

─아이고, 미다스 씨, 하하하. 잘 지내셨습니까?

"뭐, 잘 지냈지요."

소구태는 애써 평안하게 답했다.

"이 시간에 어쩐 일이십니까?"

─덕분에 좋은 기회를 잡아서 감사 인사를 드리려고 하는
겁니다.

"별말씀을."

─지금 중국에 이제라도 투자할 수 없느냐고 전화하는 사람
들이 넘쳐 납니다. 역시 미다스 씨의 이름은 명불허전이네요.

공교림 의원은 사채시장의 큰손이라 그 힘으로 국회의원
이 된 사람이다.

당연히 주변에 자금 세탁을 원하는 사람들이 넘쳐 났고,
그들에게 있어서 이번 중국 반도체 공장 설립은 엄청난 기회
였다.

"제가 말씀드렸잖습니까? 이제 미래는 중국입니다. 미국
은 점차 힘이 빠질 겁니다."

물론 반은 맞다.

과거에 비해 미국이 힘이 빠진 건 사실이다.

하지만 중국이 비빌 만큼은 아니었다.

그러나 미다스라는 이름은 그 말에 공신력을 부여했고, 공
교림은 공식 발표가 나자마자 바로 손바닥을 비비면서 잘 보

이기 위해 다급하게 전화한 것이다.

─우리 당에서는 미다스 씨를 적극적으로 지지할 겁니다, 하하하.

"그래 주시면 감사하지요. 그런데 고작 그 말씀을 하려고 전화하신 겁니까? 제가 좀 바쁜데요."

처음부터 끝까지 말을 다 들어 주면 이쪽이 매달리는 느낌이 들기에 소구태는 능숙하게 선을 그으려고 했다.

아니나 다를까, 공교림은 재빨리 본론을 꺼냈다.

─하하, 여전히 급하시군요. 하긴, 미다스 씨 정도 되는 분이라면 엄청나게 바쁘시겠지요. 다름이 아니라, 이번에 실사가 얼마나 걸릴지 몰라서 말입니다.

"그걸 왜 묻습니까?"

─실사가 마무리되어야 저희가 투자를 속행할 수 있지 않겠습니까? 대략적인 날짜를 말씀해 주시면 그때까지 저희가 돈을 준비해 두도록 하겠습니다.

"그때까지 돈을 준비해 둔다고요?"

─그렇습니다. 실사가 끝나야 저희도 들어가지요.

그 말에 소구태의 눈동자가 흔들렸다.

이제야 상황이 어떻게 굴러가는지 알아차린 것이다.

"그건 확정된 게 아니라서 말 못 합니다. 죄송합니다만, 제가 아닌 전문가들이 나서야 하는 일이니까요."

─어이쿠, 그렇지요.

"대신에 어느 정도 정리되면 바로 이야기해 드리지요. 돈을 충분히 준비해 두시는 편이 좋을 겁니다."

―그러지요. 제가 두둑하게 준비해 두겠습니다, 하하하.

그렇게 짧은 통화가 끝나고 소구태는 전화기를 내렸다.

그리고 멍한 표정으로 창룽을 바라보았다.

"뭔데?"

"우리, 돈 받긴 글러 먹은 것 같은데요?"

"뭐?"

"실사가 끝나야 투자금이 들어오지, 그 전에는 돈이 안 들어옵니다."

"뭐라고!"

"그게 투자에서는 상식이에요. 실사가 시작되었는데 돈을 꼬라박는 놈이 어디 있어요? 그러니까 우리는 실사가 끝날 때까지 돈 못 받습니다."

그 말에 그곳에 모여 있던 모두의 얼굴이 사정없이 찡그러졌다.

하지만 이 상황에서 할 수 있는 게 없다는 걸 알고 있었기에 침묵만이 흐를 뿐이었다.

⚖

"왜 갑자기 미다스가 한국에 있다고 한 건가?"

김성식은 이해가 되지 않았다.

"진짜로 한국에 있나?"

"아니요. 한국에 없습니다. 지금은 유럽에 있습니다."

"그런데 왜?"

노형진의 말에 김성식이 되물었다.

"미다스의 동의를 얻은 거야?"

"얻은 겁니다. 미다스도 이번 사태를 해결하려고 하고 있으니까요. 정확하게는 복수를 원하지만요."

"복수? 그런데 왜 하필 한국에 있다고 한 거예요?"

고연미도 고개를 갸웃하면서 물었다.

"간단합니다. 그놈들을 추적하기 위해서입니다."

"그놈들을 추적하기 위해서?"

"그놈들은 자기들을 감추고 은밀하게 사람들과 접촉해 왔습니다. 그리고 투자를 이끌어 내려고 했지요. 그런데 제가 한국에 미다스가 있다며 동일한 이야기를 언론을 통해 발표했습니다. 그러면 어떻게 되겠습니까?"

그 말에 무태식이 탄성을 내질렀다. 어떻게 될지 바로 알아챈 것이다.

"그 새끼들이 원하지 않아도 양지로 끌려 나오겠네요."

"제가 노린 게 그겁니다. 사기를 치는 놈들은 자신의 존재가 드러나기를 원하지만 동시에 은밀하기를 원하니까요."

사기를 치기 위해서는 자신을 모르는 다수의 사람들과 접촉해서 그들을 속이고 그들로 하여금 돈을 내놓도록 해야 한다.

그래서 사기꾼들은 가짜 이름과 가짜 신분증을 쓰기도 한다.

자신의 존재를 알리면 좋기도 하지만 동시에 불리해지기도 하는 법.

"아시겠지만 누구도 미다스를 모릅니다. 극히 일부의 사람들만이 미다스에 대해 알고 있죠."

그리고 그 미다스의 개인적인 정보는 전 세계의 모든 사람들이 궁금해하는 바다.

하지만 CIA의 공작 실력은 어마어마해서, 단 한 번도 미다스가 누군지 특정된 적이 없다.

"하지만 지금 한국에 미다스가 있다고 제가 말했지요. 그리고 이미 은밀하게 소문이 나고 있고요."

김성식은 그 말에 헛웃음이 나왔다.

"그 말은, 지금부터 사기꾼 새끼들은 전 세계의 추적을 당하기 시작할 거라는 소리군."

"정답입니다."

"하하하하, 설마 이런 식으로 엿을 먹일 줄은 몰랐는데?"

처음에 부정하지 않을 거라고 했을 때 다들 왜 이걸 굳이 부정하지 않아서 문제를 키우나 했다.

하지만 이 계획대로라면 피해는 전혀 없이 그놈들만 신나게 엿을 먹는 구조다.

그냥 엿도 아닌 아주 빅엿을.

"과연 어떻게 할지 두고 보지요, 후후후."

그리고 노형진은 그들이라는 미끼를 이용해서 중국이라는 대어를 한번 낚아 볼 생각이었다.

다음 권으로 이어집니다

유우리 퓨전 판타지 장편소설

# 상위 0.001%
# 랭커의 귀환

**현실이 된 던전 아포칼립스 게임
빚더미 취준생에서 영웅이 되다!**

서비스가 종료된 망겜 '드림 사이드'
그리고 드림 사이드 2 오픈일에 돌아온 건……

[#0115 채널이 개설되었습니다.]
[환영합니다. 이곳은 '지구 에어리어'입니다.]
[퀘스트가 도착했습니다.]

N포조차 아닌 N무 세대 강서준
바뀌어 버린 이 세상에서 그가 가진 최고의 무기
극악의 난이도인 드림 사이드 랭킹 1위!

**천외천 중의 천외천 플레이어
나만 이 게임을 공략할 수 있다!**

# 꿈의 도약, 로크에서 하십시오
## (주)로크미디어에서 신인 작가를 모십니다

즐거운 세상, 로크미디어는 꿈을 사랑하고 도전을 두려워하지 않는 작가 분들의 참신한 작품을 기다리고 있습니다. 21세기 장르 문학계를 이끌어 갈 차세대 선두 주자 (주)로크미디어에서 여러분의 나래를 활짝 펴 보시길 바랍니다.

**모집 분야** 판타지와 무협을 포함한 장르 문학
**모집 대상** 아마추어 작가, 인터넷 작가
**모집 기한** 수시 모집
### 작품 접수 시 유의 사항
1. 파일명은 작가명_작품명.hwp형식을 갖춰 주십시오.
1. 파일에 들어갈 내용은 다음과 같습니다.
   ─ 성명(필명인 경우 실명을 밝혀 주세요), 연락처, 이메일 주소
   ─ 제목, 기획 의도
   ─ A4용지 1장 분량의 등장인물 소개
   ─ A4용지 2장 분량의 전체 줄거리
   ─ 본문
1. 작품이 인터넷에 연재되고 있다면, 게시판명과 사이트의 구체적이고 정확한 주소를 기재해 주십시오.

선택된 작품은 정식 계약 후 출판물로 간행되어 전국 서점에 유통됩니다.
작가 분은 (주)로크미디어의 전폭적인 지원하에 전속 작가로 활동하시게 됩니다.
※ 자세한 내용은 로크미디어 홈페이지(rokmedia.com)를 참조하세요.

(04167)서울시 마포구 마포대로 45 일진빌딩 6층
(주)로크미디어 편집부 신간 기획 담당자 앞
전화 : 02) 3273-5135
www.rokmedia.com    이메일 : rokmedia@empas.com